新潮文庫

気狂いピエロ

ライオネル・ホワイト
矢口　誠訳

新潮社版

11606

本書をパットとジョンのケリー夫妻に捧《ささ》げる

目次

気狂いピエロ

主要登場人物

コンラッド・マッデン…………失業中のシナリオライター
アリスン（アリー）・オコナー…ベビーシッター
マータ……………………………マッデンの妻
ネッド・メドウズ………………　〃　友人
ジョエル・リコ…………………アリーの“自称”兄
パティ・ドノヴァン……………ギャング
フレッド・ペンション…………ドノヴァンの友人、ピアニスト
ランディ・カードル……………不動産業者
アート・ブラックマー…………ギャングの親玉
ステイシー………………………警部補
ジョーンジー……………………刑事

1

もうすっかり遅い。真夜中をとうに過ぎている。窓はすべて開け放してあるが、風はそよとも吹きこんでこない。信じられないほど暑い。おれはキッチンテーブルの椅《い》子《す》にすわり、罫《けい》の入った黄色いノートパッドにこの文章を書いている。

アリーはすぐ隣の部屋にいる。裸のまま手足を伸ばしてベッドに横になっている。ほっそりした体のシルエットが見える。目を大きく開き、天井を見つめている。灰色の斑点《はんてん》が散ったあの鮮やかなブルーの瞳《ひとみ》をはじめて覗《のぞ》きこみ、そのたぐいなき魔力の虜《とりこ》になってから、きょうで六カ月になる。

ジョエルはリビングルームにいる。コルドバ革の長いソファの隅にすわってうつむいている。骨ばった茶色い手には札束のつまったエアラインバッグ、反対の手には弾丸のつまったオートマティック拳銃《けんじゅう》が握られている。

おれが無線で連絡を入れたのは十五分ほどまえだ。やつらが車を飛ばし、回転草やサボテンしかない砂漠をくねくねと何キロもつづく寂しい道を走らせ、この荒れ果てた牧場のランチハウスに着くまでに、すくなくともあと二時間はかかるだろう。おれがはじめてアリーに会ったのは、マータと最後の激しい口論をした夜だった。場所は郊外にある段差フロア式の洒落《しゃれ》た家だ。このランチハウスはあの家から遥《はる》か三千キロ以上も離れている。

マータが触媒みたいな働きをしていなければ、マータとおれの関係がもっと違ったものだったら、その後のおれとアリーの関係はまるでべつのものになっていたかもしれない。そうとも、考えれば考えるほど確信が湧《わ》いてくる。六カ月前のあの日に下劣で悲惨な出来事が起こらず、最後に会ったときのマータとおれが苦い非難の応酬をしていなければ、その後あんなことは起こったりしなかっただろう。

いったいなぜこんなことになってしまったのか、おれは知りたくてたまらない。

六カ月前。三月二日の正午。おれ――コンラッド・マッデン――は、グランドセントラル駅にあるコモドア・ホテルのバーで、ベッドタウンづたいに北から東へ向かう列車を待っていた。列車はウェストチェスター郡を経由し、コネティカットへ向かう。

おれは三十日間乗車券を持っていた。目的地はスタンフォード。スタンフォードの駐車場には四年落ちのフォードのステーションワゴンが駐《と》めてある。おれが妻のマータと二人の子供――ハロルドとキャロル――と住んでいる中産階級向けの郊外住宅まで、そこから車で三十分とかからない。

マータと結婚したのは十五年前、ニューヨーク大学を卒業してすぐのことだ。マータはおれよりひとつ上だが、実際のあいつを見たら誰もそうは思わないだろう。昔と変わらぬすらりとした体、小さなハート型の顔（あいつはそれを、貴重なストラディヴァリウスの所有者さながらに、情熱をこめて手入れする）。栗色《くりいろ》の髪はイタリアの映画スターみたいなショートカットにしている。

マータは若づくりで、ハロルドとキャロルの母親にはとても見えない。ハロルドはもうすぐ十四歳。太っていて、不器用で、にきびに悩んでいる。キャロルはハロルドより一歳半下だ。ふたりはおたがいにまったく似ていないし、マータやおれにもまったく似ていないので、おれはときどき困惑してしまう。

二杯目のマティーニを注文し、腕時計に目をやった。マータに電話をかけ、職業紹介所での午前中の面談がどうなったかを報告するのは、この一杯を飲んでからでもいいだろう。

おれはマティーニを飲んだ。しかし、電話をかける勇気は湧いてこなかった。伝えるべきメッセージは、この数週間、うんざりするほど何度もくりかえしてきたものだった。こんどもだめだったという報告を継続的にくりかえしていくなんて、いったいどうしたらできる？

その道の権威とされている経済評論家どもの最近の見解によれば、これは一時的な景気後退だという。推定上、仕事にあぶれているのは、労働人口のごく一部にすぎないんだそうだ。不運なことに、おれはそのごく一部のひとりだった。

「状況は急速に改善してきています。これからはもう、よくなるだけですよ」

しかし、いつ？

きょうの午前中でないことは確かだった。きょうおれが聞かされたのは、この十週間にわたって聞かされつづけてきたのとおなじ話だった。

広告代理店の営業責任者にも、コピーライターにも、空きはひとつもない。

「しかしまあ、気を落とさないで。また募集がありますよ。連絡を絶やさないでください」

状況が改善してきていることを、パーク街やマディソン街の広告代理店にも知ってほしいもんだと思わずにはいられなかった。それからさらに思った。

帰宅していつもとおなじ暗いニュースを伝えずにすめばいいのだが……。

三杯目のマティーニを飲みながら、スタンフォードに帰るのは先延ばしにすることに決めた。映画でも見にいって、もっと遅い時間の列車に乗ろう。

四時四十分発の列車にはビュッフェ車があった。五十八分の乗車時間のあいだ、水をチェイサーにストレートのウィスキーを二杯飲んだ。きょうの首尾をマータに伝える件に関しては、もう気に病んでいなかった。抵当に入っている段差フロア式の家におれが帰り着くよりずっと先に、あいつは事情を察しているだろう。なぜおれが電話をしてこなかったのかも、なぜもっと早く帰ってこなかったのかも、すでに答えを知っているはずだ。当然、おれの息が酒臭いことにもすぐ気づく。

非難の言葉も、不平も、嫌みもないだろう。うんざりしたように、落胆と幻滅の表情を浮かべるだけだ。保険料もずいぶんまえから滞納している。キャロルの四半期分の授業料。食料品店の勘定。さらに必要なのは……。

二カ月以上もまえから失業しているのだ。当然ながら支払いも滞るし、必要なものだって出てくる。

おれはマータに、きょうの午後をどこで過ごしたか話すだろう。マータには嘘《うそ》をついたことがないからだ。ここでも非難はされないだろう。あいつは悲しげな笑みをかすかに浮かべて首を振る。そして、そっとほのめかす。あしたもっと早く帰れたら、ずっとまえから取りかかってるテレビの脚本をまた書き進めてみたらどう？　三年まえに書いた脚本は売れたじゃない。

最初の小切手が入ったとたん、おれはもっと売れ線の三十分番組を何十本も書くんだといって、仕事をやめてしまった。その件については、もちろんマータはなにもいわないだろう。この十二カ月というもの、おれはつぎつぎに脚本を書いたが、結局は一本も売れなかったことについても。

マータはとても思慮深く、慎み深い。稼ぎ手としてのおれの能力に無限の信頼をおいている。もちろん、信頼しているからといって、ことあるごとに「状況がよくなるまで、わたしがまえみたいにニューヨークで秘書の仕事をするのが、結局のところたぶんいちばんいいんだわ」と愚痴をこぼすのをやめたりはしない。

この決まり文句の意味は、ふたりともよくわかっている。マータは寛大で忠実で思慮深いところを見せたいのだ。しかし、あいつにもおれとおなじくらいわかっている。また秘書の仕事に戻れたとしても、稼ぎは通勤費くらいにしかならない。留守をまかせるメイドを雇ったら足が出てしまう。たとえ数時間だろうと、マータは子供たちだけを家に残して外出したりしない。メイドはぜったいに必要だ。

自分がまた仕事についたりしないことをマータは知っている。おれがテレビ番組の脚本を書いて売りこんでも時間の無駄でしかないことも知っている。いまのおれは請求書の支払いが心配でたまらない。職が見つからずに意気消沈し、喧嘩ばかりの夫婦関係にうんざりしている。そんな男がひょいと腰をおろして大当たりするような番組を陽気に生みだせるわけがない。テレビ業界は競争の激しい市場なのだ。そもそもおれは、口座に金があって、それなりの平和と幸福を手にしていたときでさえ、そんな脚本は書けなかった。

ああ、またいつものパターンのくりかえしだ。最後におれはいうだろう。そのうちきっと突破口が開けて、エージェントも楽観的になるさ。それ以上話がつづくのをかわすために、おれは食前酒をつくろうと申しでる。答えはもちろんいつもとおなじだろう。

「食料品店の請求書がずっと未払いのままなのに、お酒を飲む余裕なんてあると思う？　それって、モラル的にどうなのかしら？……」

おれはどっちにしろ飲みものをつくるだろう。マータも傷心と非難の色を唇に浮かべて飲むはずだ。そのあと、家族そろって夕食をとったら、ハロルドとキャロルはテレビという名の麻薬にふけるためにリビングルームへ移動し、マータはミシン仕事をするためにベッドルームへ引っこみ、おれは書斎に行ってタイプライターにセットしたフールスキャップ判の真っ白な紙を見つめる。

しかし、六カ月前の三月二日のあの晩は、そうはならなかった。

マータはドレッシングガウンを着てソファにすわり、爪《つめ》にマニキュアを塗っていた。おれが部屋に入っていっても顔を上げなかった。ハロルドはめいっぱいボリュームを上げたテレビから二メートルも離れていないところにうずくまり、口をだらんと開け、角縁の眼鏡フレームにはまった厚いレンズ越しに画面を見つめていた。テレビから溢《あふ》れだしてくる低俗で馬鹿げた番組を見るときのいつものポーズだ。

キャロルは部屋の反対側に腰をおろし、コミックブックに顔を埋めていた。

おれはテーブルの上にポンと帽子を投げ、妻にキスをしようと体をかがめた。

「なによ、その息」マータは目も上げずにいった。彼女が顔をそむけたので、おれの唇は頰をかすめただけに終わった。

「電話を入れなくて悪かったよ、ダーリン、でも……」

「あとにして。子供たちの前ではやめてちょうだい」

ハロルドがいらだたしそうな顔をしてこっちを向くと、前方に移動してテレビのスイッチをパチンと切った。「みんなが叫んでたら、テレビの音が聞こえないじゃないか」

マータがハロルドのほうを見て首を振った。「自分の部屋へ行って新しいテレビを試したら？　そもそも、だから自分専用のテレビを買ったんでしょ？」

それがどういう意味かわかるのに一秒ほどかかった。

「自分専用のテレビ？」と、おれは訊《き》いた。

マータはため息をついた。「コンったら、あなたってすぐ右から左に忘れちゃうのね。ハロルドがずっとほしがってたポータブルテレビ。きょうの午後、街へ行ったときに一台買ってやったの」

一瞬、おれは彼女を見つめることしかできなかった。「一台、なんだって？」

「買ってやったのよ。誕生日にほしがってたのを」

「誕生日は来月じゃないか。っていうか、話はついたはずだろ……」

「お願い。議論をしてる暇はないの……」

「いったい、いくらだったんだ？」おれは唇を噛《か》み、怒りが声に出ないようにこらえた。

部屋を出て行きかけていたハロルドが突然立ちどまり、おれのほうを向いた。「誕生日プレゼントをもらう資格くらい、ぼくにだってあるだろ」

おれがハロルドに一歩つめよると、マータが道理をわきまえた声をくずさずにすばやくいった。「もちろんあるわよ、ハロルド。部屋に行って新しいテレビを見なさい。あとちょっとしたら夕食の用意ができるわ。キャロル」――マータはハロルドの妹のほうを向いた――「キャロル、シャワーを浴びて用意したほうが……」

キャロルはコミックブックを床に投げだして立ちあがった。おれにも母親にも目を向けず、ただため息をついて部屋を横切り、ドアを開けて出ていった。

子供たちに話を聞かれる心配がなくなるまで待ってからおれはいった。

「冗談じゃないぞ、マータ。不必要なものに無駄な金を使ってるときじゃないだろう。おれは……」

マータは立ちあがり、穏やかな表情のまま、もともと非の打ちどころのない爪の手入れに使っていたさまざまな道具を片づけはじめた。

「きょう、お酒にいくらくらい無駄金をつかったの、コンラッド?」

おれが答えられずにいると、マータは例の奇妙な半笑いをこちらに投げた。相手が返答に窮すしかないコメントを口にしたとき、あいつはいつもこの笑みを浮かべる。

おれは振り返りかけたが、それからまたマータのほうにさっと向き直った。「ああ、クソッ、ハニー。本気でいったわけじゃないんだ。おまえだってわかってるだろ？　ここんとこ、おまえのことが恋しくてたまらなかっただけなんだ。あれやこれやで……」

「わかるわ、コンラッド」その口調は気が狂うくらい理性的で礼儀正しかった。「よくわかる。さあ、急いで服を着てちょうだい。もういくらもしないうちにメドウズ夫妻がくるから」

おれはマータが振り返るのを見つめ、口から飛びだしそうになった言葉を飲みこんだ。「わかったよ――わかった」おれはようやくのことでいった。「ベビーシッターといっしょにだろ？」

おれの言葉に苦い響きがあったとしても、マータはどこ吹く風だった。あいつはまた鏡の前に立ち、さっきとは違うドレスを体に当て、ホール家での今夜のディナー・パーティで見栄《みば》えがするかどうか、ためつすがめつしはじめた。

三月二日のその晩、アリスン・オコナーがうちのリビングルームに入ってきたとき、おれは霊感に打たれたかのように、彼女が自分にとってどれだけ大きな意味を持つかをすぐさま悟った――といえたらいいのにと思う。

しかし実際には、彼女がそこにいることをぼんやり意識しただけだった。これはもちろん、ごくもっともなことだった。彼女より先に、すでにすっかり酔っぱらったネッド・メドウズと妻のイルマが入ってきたからだ。

おれがドアベルの音に応《こた》えて玄関のドアを開けると、メドウズ夫妻とアリスンはおれのわきをどやどやと通りすぎ、リビングルームに入っていった。イルマ・メドウズはマータの学生時代の親友だが、おれはあの女がどうしても好きになれない。亭主のほうはさらに苦手だ。がっしりとした大男のネッド・メドウズは成功した不動産業者で、商才に長《た》けており、そのことを世間に吹聴《ふいちょう》せずにいられない。この男はまた、まずいことをまずいときに口にする才能にかけても天才的だった。

イルマは部屋の反対側まで飛んでいってマータに抱きつき、ネッドはどっしりと重い腕をおれの肩にかけた。

「調子はどうだ?」と、ネッドが訊いた。「新しい仕事はもう決まったのか?」

もちろん、ネッドはおれが答えるのを待ったりせずにつづけた。どうやら、超能力的な情報収集能力を持っているらしい。

「まあ、心配するなって。すこしばかり景気が後退気味ってだけだ。ったく、ここんとこ数カ月ってもの、おれんとこだって一セントの儲《もう》けもありゃしない。ま、きみみたいな将来有望な若者にとっちゃ、ちょっとした苦労もいい経験さ」

ネッドは部屋の反対側まで行き、マータを抱きしめてキスをした。マータは温かい湿った唇でそれに応えた。ネッドはいつも、酔った勢いを借りて好色なちょっかいを出す。おれはそれを見ると、〝若者〟と呼ばれるのとおなじくらいイラついた。

おれは三十八歳。ネッドはハゲて腹が出ているが、たぶんせいぜい三つか四つ上なだけだろう。

「おめでたいカモどもは、景気後退でもまだ不動産を買ってるんだろ?」おれはなにか気が利《き》いた嫌みをいおうとして失敗した。これじゃ気が利いてもいなければ、嫌みにもなっていない。しかし、どっちにしたところで、ネッドは聞いちゃいなかった。

「おたくの子供たちのために、このちっちゃなレディを連れてきた」ネッドはそういってドアのほうを振り返ると、うすら笑いを浮かべてつづけた。「実際のとこ、おれならホールの家に行くより、この娘とここにいるほうがいいね。しかし、わかるだろ? この口やかましい老いぼれ軍馬が……」

その老いぼれ軍馬がいった。「自分の年を考えてちょうだい、ロミオ。さあ、急いで。あたしはちょっと燃料が必要なの」

「ウォッカならすこしあるわよ」とマータがいった。おれはあいつのほうを見て首を横に振った。

「ウォッカは豚とロシア人のためのもんだ」ネッドがいつもの社交手腕を披露した。

マータはネッドに微笑《ほほえ》んでからおれのほうを向いた。「ベビーシッターの子を連れていって、子供たちに紹介してちょうだい、コンラッド」それから、こんどはドア口に立っている若い娘のほうを向き、「あなたは――」

「アリスン――アリスン・オコナーです」

このときはじめて、おれは意識して彼女を見た。

目に映ったのは、息子のハロルド（いまはダイニングルームのテーブルでパイをがっついている）とさして年の違わない、とびぬけてかわいい娘だった。彼女はこれといった特徴のないシンプルな服を着ていた。タータンチェックのショートスカート、体にぴったり合ったジャケット、素足にローファー。しなやかな蜂蜜色《はちみついろ》の髪は、横分けにして肩までたらしている。肌は透きとおるように白い。なかでも印象的なのはその目だった。横長のアーモンド型で、瞳の色は信じがたいほど鮮やかなブルー。これまで見たことがないくらい長いまつげの黒が、そのブルーの鮮やかさをさらに際立《きわだ》たせている。

そのとき、ネッドがおれの肩に太い腕をまた巻きつけてきた。おれはそれをするりと逃れ、娘の腕をつかんだ。

「すぐ戻るよ」

おれは娘の腕を押しながらネッドのわきを抜け、ダイニングルームに入った。

おれがベビーシッターを紹介しても、キャロルはむっつりと目を上げただけで、うなずきさえしなかった。ハロルドはしばらく彼女を見つめてから「やあ」といい、ふたたびパイを食べはじめた。

「ぼくらの帰りは、早くても十二時過ぎだろう」

「あわてなくていいのよ」と、アリスンはいった。

家の玄関を出て一分ほどしてから、おれはふと気がついた。「あわてなくていいのよ」といったときの彼女の口調に、なんとなく違和感を覚えたことに。

最初は、口にした言葉自体がおかしいのかと思った。しかし、すぐにほんとうの理由に思い至った。

彼女はほんの子供のように見えた。もちろん、じっくり観察したわけではなく、ぱっと見た印象にすぎない。しかしその声はハスキーな低音で、「あわてなくていいのよ」という言葉が、まったくべつの意味に聞こえたのだ。実際の話、あれほどセクシーな声を聞いたことは、それまでに一度もなかった。

おれたち夫婦の友人はほとんどがそうだが、ホール夫妻も、正確にいえばマータの友人だった。ただし、ほかの友人たちとは一点だけ違っている。リディアとカールのホール夫妻は、中産階級にしては裕福だとか、ちょっとした金持ちとかいったレベルではなく、本物の大金持ちなのだ。ふたりはパウンドリッジのすぐそばに住んでいる。豪壮で巨大な城には、数十頭の乗用馬を飼育するだけの広大な敷地があり、その手入れにはフルタイムの庭師が六人は必要だ。ホール夫妻はこの話で大きな役割を果たすわけではないから、彼らの人柄や所有物について詳しく説明する意味はない。ここでは、パーティの料理と酒の質は最高だったが、招待客のほうはそうでもなかったというにとどめよう。

パーティはいわゆるディナーダンスというやつで、予想していたとおり憂鬱《ゆううつ》で陰気だった。よく思うのだが、ホール夫妻が催すパーティに人気があるのは、既婚の友人たちに浮気と飲酒の機会を提供してくれるからだろう。

おれは——あの晩はとくに——そのどちらも避けるようにしていたが、それでも手はたえず酒のグラスに伸びていた。一方のネッド・メドウズはというと、地元の高校教師の妻と一時間以上も姿を消してからいささか疲れた様子で戻ってきて、とことんまで泥酔《でいすい》してしまった。ネッドがもうすこししらふだったら――さもなければ、高校教師の妻と茂みに消えるのに失敗していれば――対抗心を燃やした妻がベッドフォード村からきた彫刻家と一晩じゅう姿を消したりすることもなく、あれから六カ月後のいま、おれがあそこから三千キロも離れたこんな場所で、罫の入った黄色いノートパッドにこんな手記を書き散らしていることはなかっただろう。

十一時半になる頃には、もうすっかりうんざりしていた。酔えるところまで酔ってしまい、これ以上飲んでもあとは憂鬱になるだけなのがわかっていた。パーティには話をしたい相手がひとりもいなかったし、おれと話したがっているやつはなおさらいなかった。おれは疲れていた。考えているのはあすのことだった。酔いを通り越して、金の心配が頭にどっと戻ってきたのだ。つぎの一杯とつぎのセックスをどうするか以外に悩みのない裕福な市民たちは、お愉《たの》しみを必死に探している。その姿を見ればみるほど、こっちは気分が沈んでいき、自分のベッドに帰りたくてたまらなくなった。

しばらくまえからマータは姿を消していた。おれは彼女を探しはじめた。ダンスフロアにはいなかった。ふたつあるバーにもいなかった。ようやくのことで、時代遅れの口ひげを生やした青年と図書室にいるところを見つけた。背の高いやせたその青年とは、パーティがはじまった頃に顔を合わせたのをぼんやりと覚えていた。青年はどうやら朗読をしていたらしく、その手には開いた詩集があった。滑稽《こっけい》きわまりないが、おれはその場面を見て頭に血がのぼってしまった。あまりにもありがちな話ではないか。

なにが起こったかは火を見るより明らかだった。いつもの話で、マータは繊細な心の持ち主を見つけたのだ。あいつはいつだって、母親のように慈《いつく》しむ相手を探している。どんな展開だったのか、おれにはシナリオが書けるくらいだった。このデリケートで優しい青年は、マータと図書室に逃げこんだ。ほかの招待客たちは、ふたりの目から見れば俗悪で粗雑な人間ばかりだからだ。青年はマータのなかに、大きな理解力を持った、思いやりのある洗練された人間を見てとった。マータが青年のなかに見出《みいだ》したのは、自分の力と知性と善良な心を必要としている相手だ。青年はマータに自分のすべてを打ち明けた。それから一冊の詩集を見つけると、彼女のために朗読しはじめた。

この世界に、これ以上純粋無垢《むく》なものはない。しかしおれにとっては、これ以上吐き気を催させるものもなかった。服を引きはがされたマータがソファに横たわっているのを目にするほうがよっぽどましだった。いや、ほんとうだ、嘘じゃない。

もちろんいいとも」

片方の手をハンドルから離してポケットを探った。しかし、ジャケットのポケットにもズボンのポケットにもタバコのパックは見つからなかったので、手を替えて反対側のポケットを探した。

「すまない。切らしちまったらしい」

娘が前に身を乗りだし、グラブコンパートメントを開ける気配がした。一瞬の間があってから声がした。「あなたのお友だちは備えがいいみたい。あなたも一本ほしい？　タバコの隣にあるこれは、非常時用の一本ね」

一拍おいて、マッチが擦られた。目の隅に娘の横顔が映った。娘は一本目のタバコに火をつけ、つづけて二本目にも火をつけた。彼女の手が頬をかすめるのを感じた。

「口をあけて」

おれは角を曲がった。タバコの煙を数回吸った頃には、前方の左側にアパートメントが見えてきた。そのブロックに建っている建物はそれひとつだった。

アパートメントの玄関から歩道までつづいているひさし《マーキー》の前に車を停め、ハンドブレーキを引いたが、ヘッドライトもエンジンも切らなかった。

「無口なのね」娘は降りるそぶりを見せなかった。

「話すようなことはなにもないからな。とくに楽しい夜だったわけじゃないんだ」

「わたしも」といって、娘は小声で笑った。彼女がまた身を乗りだすのが感じられ、グラブコンパートメントをパチッと開ける音がした。

「あなた、チェイサーなしでもこれを飲める？」

どういうわけか、おれは驚かなかった。ハッとさえしなかった。

「それもまた、長年の習慣なのか？」

「わたし、長年の習慣ならいくらでもあるの」と彼女はいった。「どうしてもチェイサーが必要なら、わたしの部屋にきて。冷蔵庫にソーダがあるから」

「おいおい、いいか——」おれはそういいかけて、つい笑ってしまった。「きみは変わったベビーシッターだな」

「変わった娘《ベイビー》よ。でも、その話はまたにしましょ。質問はチェイサーがいるかどうか」

「さあどうかな」おれはイグニションキーに手を伸ばし、エンジンを切った。たぶん、すこし頭がどうかしていたのだ。

「ドアの前まで送っていこう。こんな夜中にきみが中年男にチェイサーを注いだりしたら、お母さんとお父さんがいい顔をしないだろう」

「母も父も気にしっこない。もう死んでるから。それに、あなたは三十八歳だって息子さんがいってた。三十八じゃ、まだ中年とはいえないでしょ」と、彼女はいった。「彼はあなたが好きじゃないみたい」

「彼？」

「息子さんよ。それに娘さんも」

おれは笑ったが、愉快な気分ではなかった。「誰もおれのことが好きじゃないんだ」

「あなたの子供たちに一晩つきあったあとだと、それって自慢にしか聞こえないけど。それはともかく、ここにすわっておしゃべりをしてるつもりはないの。くるんでもこないんでも好きにして。わたしはなかに入るから」

彼女がグラブコンパートメントから出したボトルが運転席と助手席のあいだに落ちた。ドアが開き、娘が車から降りるために体を動かした。

おれはボトルを拾いあげ、外の通りに足を踏みだした。

彼女の後ろについて建物のロビーに入った。どちらも口を開かなかった。

だいぶくたびれた安っぽいアパートメントハウスで、ロビーは狭くて薄汚く、照明が暗かった。エレベーターはなく、三階まで階段をあがった。娘はキーを取りだしてドアを開け、明かりのスイッチをパチンと入れ、一歩わきに寄ると、手を振っておれを通し、謎《なぞ》めいた笑みをかすかに浮かべた。

「ゆっくりして」娘はそういいながら、手を伸ばしておれの手からボトルを取った。「飲みものをつくってくる。わたしはサンドイッチを食べるけど、いる?」

首を横に振った。質問に答える意味もあったが、頭をはっきりさせたかったのだ。状況はたんに馬鹿《ばか》げているだけでなく、なんとも信じがたい展開になりつつあった。

「なんだか、フランソワーズ・サガンの小説の登場人物にでもなった気がするよ」

「本はあまり読まないの」彼女はこちらに背を向け、真四角の小さな部屋の奥にあるドアのほうへ歩いていった。「一分か二分で戻るわ」

ドアが閉まった。

しばらく、おれはその場に立ちつくした。ちょっと頭がふらふらした。ひどく疲れているところにもってきて飲みすぎたのだ。それから、また頭を振って意識をはっきりさせ、振り返ってドアノブに手をかけた。

そうでなくてもいまは厄介な問題が山積みになっている。室内ゲームをやりたがっている衝動的な子供の気まぐれにつきあっている余裕はない。

ドアを開きかけたとたん、家に帰って狭いツインベッドに這《は》いこんで眠れない夜を過ごすことが、急にとんでもなく憂鬱《ゆううつ》に思えてきた。

ドアを半分まで開けたところで気が変わった。

クソくらえだ。おれがほしいのは酒だ。酒と、ほんの数分でいいからすべてを忘れて羽目をはずすことだ。

そっとドアを閉じた。しかし、すくなくともあのときは、完全に理性をなくしていたわけではなかった。下に手を伸ばしてボタンを押し、ドアが勝手にロックしないようにした。たぶんおれは、生まれつき用心深いんだと思う。あの子供はゲームをやって楽しむのが好きらしいが、真夜中にティーンエイジャーのアパートメントに腰をおろし、ドアをロックして酒を飲むのは、とてもじゃないがすばらしいアイディアとは思えなかった。

娘が戻ってくるまで、イミテーションの暖炉の前におかれたソファの端に腰をおろし、部屋を見まわした。個性のまったく感じられない殺風景な部屋だった。週単位でレンタルするタイプの家具付きのアパートメントだ。布張りの椅子《いす》が二脚、ソファの前には小さなローテーブル、寄木張りの床には色のあせたラグが敷いてある。虫の食った厚いカーテンが三つの窓を覆《おお》っており、その裏のブラインドは上げてあった。壁には下手な油絵の安っぽい複製画、部屋の片隅の十七インチのテレビの上には、ポータブルのレコードプレーヤー。雑誌もなければ本もない。この部屋の主がどんな人物かを明かすような個人的な持ち物はなにひとつなかった。部屋は暗くすさんでいて、あのときのおれの気分とそっくりだった。

　娘は丸いプラスティックのトレイを手に戻ってきた。ソファの前のローテーブルの上にトレイを置き、ソファの反対端にどさっと腰を落とした。おれはトレイに目をやった。ミックスナッツの入ったボウルと、白パンのサンドイッチが三つ。サンドイッチの中身はたぶんピーナッツバターだろう。ウィスキーに角氷をひとつ浮かべた背の高いグラス。その琥珀色《こはくいろ》の濃さからすると、ウィスキー三に対してソーダは一といったところだ。それと、牛乳の入ったおなじサイズのグラスがひとつ。

　ピーナッツバターのサンドイッチと牛乳を見て、この娘がいかに若いかをあらためて思い知らされた。

　こいつは赤ん坊《ベイビー》だ、とおれは思った。世間慣れしたところを見せ、こっちをもてあそぼうとしているのかもしれない。しかし、ほんとうのところはどうでもよかった。この娘はほんの子供にすぎない。たぶん、生まれてはじめてのひとり暮らしで、孤独で不幸で、誰かにいっしょにいてほしいのだろう。話をして優しくしてほしいのだ。

　おれも孤独だった。いっしょにいてくれる誰かがほしかった。こっちの話を聞き、優しくしてくれる誰かが。

娘は片手をサンドイッチに伸ばし、もう一方の手に牛乳のグラスを持った。「遠慮しないで」

おれは酒に手を伸ばした。

娘はサンドイッチをふたつ食べ、牛乳を飲み、おれがほんとに腹は空《す》いていないんだというと、最後に残ったサンドイッチもあっというまに平らげた。

「あなたのことはすべて知ってる。子供たちから聞いたから」

おれは彼女のほうを向いて微笑んだ。「おれといっしょのときより、きみといっしょのときのほうがずっとよくしゃべるみたいだな。だけど教えてくれ、きみは誰なんだ？　仕事は？　なぜここにひとりで住んでる？」

娘は額にしわを寄せて口をとがらせた。「個人的な質問は好きじゃないの。よければ、お酒をもう一杯つくってくる。好きなレコードがあればかけて。ダンス音楽ばっかりで、歌が入ってるのはないけど」

おれは無意識にドアに目を向けた。「もう遅すぎないか？」とおれがいいかけると、彼女は立ちあがっておれの手から空のグラスを取り、言葉を遮った。

「この陰気な狭い部屋の唯一《ゆいいつ》の取り柄は、プライバシーがたもてること。ここに住んでる人たちは、あなたが花火を上げたって気にしない」

娘はキッチンに通じているらしいドアのほうへ歩きだしたが、途中で足をとめて振り返った。

「ジャケットを脱いでゆっくりして。お友だちのウィスキーはどう？」

「ウィスキーはどれもみんなうまいさ。しかし、おれがいると寝れないだろ。もう帰ったほうがいいんじゃないか？」

「あなたのせいで寝れないなんてことはない。もちろん、帰りたければ帰ってかまわないのよ。でも、帰る必要はない。夜更《よふ》かしはぜんぜん平気だから。ひとりになりたくないの」

「おれもひとりになりたくない。酒はあまり強くしないでくれ。それと、きみはとてもいい子だ」

「あなたもとてもいい人だわ」

今回、彼女はドアを閉めなかった。しばらくして、ボトルから酒を注ぐトクトクという音が聞こえてきた。

部屋を横切ってレコードプレーヤーの前まで歩いていった。オートマティック式のプレーヤーの上にはレコードが五、六枚載ったままになっていた。そのうちの一枚をターンテーブルにセッティングし、スイッチを入れた。レコードのタイトルを確認しったりはしなかった。

娘は酒を運んできておれに手渡すと、なにもいわずに背を向け、また部屋を出ていった。ドアが開いて閉じる音がし、おれはソファに腰を落とした。

娘が戻ってきたとき、二杯目の酒はほとんどなくなっていた。

彼女は服を着替えていた。いまはオレンジ色のスラックスをはき、ひねりあげたバンダナスカーフのようなものを胸に巻いている。腹は素肌をさらしたままで、足にはなにもはかず、髪は後ろで束ねて赤いリボンで縛ってあった。

彼女がソファに歩いてくると、おれは突然、もう一杯飲まずにはいられなくなった。いま考えていることを実行に移したら、二十年の懲役をくらう危険があった。

「ペースが速いのね。もう一杯つくってくる。でも、そのまえにいっしょに踊ってくれる?」

おれはすこしふらつきながら立ちあがった。「おれは世界でいちばん下手くそなダンサーだが」

「教えてあげる」

彼女はこちらに近づいて両手を差しだし、おれの顔を見上げた。「さあ」

レコードはもう終わりかけていたので、ふたりで小さな円を描きながら踊ったのはほんの一分半ほどだった。おれの動きはゾンビみたいだったはずだ。すべてが非現実的で、夢のなかの出来事のようだった。足を自動的に動かしているだけで、自分がなにをしているかもわかっちゃいなかった。

音楽が止まった。おれたちも止まり、その場に立ちつくした。彼女の体がすぐそばにあった。小さな手の片方はおれの手のなかに、もう片方は肩におかれていた。おれの右腕は彼女の腰に巻かれ、右の手のひらはオレンジ色のスラックスのバンド部分のすぐ上、むきだしになった素肌に押し当てられていた。

彼女はおれの顔を見上げていた。目は大きく見開かれ、唇はかすかに開いていた。

おれはかがんでキスをした。

彼女の唇がかすかに開き、いきなりぐっと押しつけられた。全身の筋肉が緊張するのを感じた。手を離し、体にまわしたもう一方の腕でぐっと引き寄せようとすると、彼女はさっと身を引き、一瞬後にはおれの腕から逃れ、歩み去っていった。いたずら娘のような表情を浮かべ、半笑いのような声を立てながら。

「あなたの名前はコンラッド・マッデン。三十八歳。元海兵隊員。現在、求職中。子供たちには好かれてない。そして、奥さんは理解してくれない」

おれは彼女を見つめた。

アリーはベッドのおれの隣にすわっていた。もう一本タバコに火をつけてくれた。気分爽快《そうかい》にはほど遠かったが、目はしっかり覚め、彼女の話にもついていけた。

「倒れたときに頭を打ったみたいね」

黙ってうなずいた。

「ここまで運ぶのが大変だった。でも、どうにかやりとげた。ま、いまさらどうでもいいことだけど」

おれにしてみれば、いまやなにもかもがどうでもよかった。

「なにがあったか覚えてる？　その——あなたがキッチンに行ったあとで起こったことだけど？　わたしがここまで運ぶとあなたは半分意識を取り戻して、ボトルに残ってたお酒を飲みほして、それからわたしが渡した一パイントボトルを飲みほした。だけどすごく酔っぱらってて、自分がなにをしてるかわかってないみたいだった。で、最後には意識をなくしてしまった」

「ボトルの残りを飲みほした？」

アリーは床に目を落とした。おれはその視線の先を追った。空になった五分の一ガロンのボトルと一パイントボトルに気づいたのはそのときだった。

「なにも覚えてない？」

おれはうなずいた。

「ちょっと悪い知らせがあるの」

おれは彼女を見上げた。

「こっちにもいくつかある」と、おれはいった。「きみは最高だ。おれはきみを愛してるんだと思う」

アリーは微笑んだ。「その話はあとにして。わたしの話は先延ばしにできないの」

「きみの話って」といいかけたが、すぐに遮られた。

「頑張って起きて。時間があまりないから」

突然、アリーの声にこもった切迫感に気がついた。突然、彼女がすごく真剣なのに気がつき……。

「お客が何人かあったのよ」

こんどは興味のあるふりをする必要がなかった。おれはさっと目を上げた。

「あなたの奥さんがきたの。あなた、ドアをきちんとロックしなかったみたいね。とにかく、あなたが意識を失って、わたしがベッドになんとか押しこもうとしてたときに、奥さんがきた」

おれはため息をついた。いま感じるべきことを感じられれば、と思った。しかし、どういうわけか感じなかった。ただひたすら疲れているだけだった。

「そいつはすばらしい」と、おれはいった。

「あなたが起きたら伝えてほしいって、伝言を頼まれた」

言葉の返しようもなく、ただうなずくしかなかった。

「もう家に帰ってこなくていいっていってた。新しい住所が決まったら手紙をくれって。そしたら衣類を送るそうよ」

おれはなにもいわなかった。

「後悔してる?」

「いいや、そんなことはないと思う」

「なら、それはそれってことね」

おれはまたアリーに目を向けた。「客が何人かきたといったな。あいつは誰かといっしょだったのか? 誰なんだ?」

「奥さんはひとりだった。もうひとりのお客は隣の部屋よ。その男はあなたの奥さんが帰ってから入ってきたの。夜が明けてすぐに、自分の鍵《かぎ》を使って。いまもまだいる」

一瞬、おれはただ彼女を見つめ、「ああ、なんてこった」とうめいた。おなじことを口にするのはこれでもう二度目だ。

部屋を見まわした。どこかに服があるはずだと思ったのだ。不安を覚えてしかるべきだったのだろうが、状況がまだ把握できていなかった。アリーの父親かもしれないという考えが頭をよぎったのは覚えている。しかしそのあとで、父親は死んだといっていたのを思い出した。後見人？　それとも……。

おれはヘビに嚙《か》まれたかのようにはっと飛びのいた。

「自分の鍵を使って」と、アリーはいった……。

それまでのおれがどんな顔色だったにしろ、あのときは完全に血の気が失《う》せていたはずだ。自分が特別に臆病《おくびょう》な人間じゃないってことには、これでもそれなりの自信がある。しかし、はっと立ちあがったおれは、われ知らず震えていた。自分の鍵で？　どんなに勇敢な男だろうと、真っ裸でベッドの端に腰をおろしているときに、昨夜寝た女の恋人がすぐ隣の部屋にいると突然知ったら、臆病風のひとつにも吹かれようというものだろう。

アリーはすばやく手を伸ばしておれの腕をつかみ、ベッドに引き戻した。

「すわって。話を聞いて」

おれは口を開きかけたが、彼女は手のひらでおれの唇をふさいだ。

るなんて無理じゃないか」

アリーはおれを見て、突然微笑んだ。

微笑むような理由など、さっぱり思いつかなかった。

彼女はなにもいわずおれの前を通りすぎ、キッチンを横切ってリビングルームに入っていった。それから奥のベッドルームに行き、ブリーフケースを手に戻ってきた。

おれはなにもいわずに彼女を見つめた。

アリーはキッチンテーブルにブリーフケースを立て、ジッパーを開けた。ブリーフケースは左右に割れた。

「数える必要はないわ」とアリーはいった。「わたしがもう数えたから。一万六千ドルをちょっと超えるくらい」

いまや癖になったフレーズを思わずまた口にしそうになったが、なんとか我慢した。

アリーはブリーフケースを横に倒して押しやり、おれの前に立った。

「時間はあまりないわ。警察のことはそれほど心配じゃない——すくなくとも、いまはまだ。でもパティが姿を見せないと、ボスはちょっと心配するはず。でも、ここを出ていくまえにキスするくらいの時間ならある」

3

ひどい二日酔いには性欲を増進させる作用があるってことを、おれはずっと昔から知っている。こいつは常識や医学理論ではかれるような話じゃない。夜中に働きづめだったときは、朝起きたときも疲れが抜けず、体が思うように動かず、末端神経が痛んでイライラするものだ。しかしそんなときでも、女を目の前にすると、男の体にはほとんど耐えがたいまでの欲望が突きあげてくる。パニックに近い感情や恐怖をそこに加えれば、欲望はさらに激しさを増す。そいつがどんな化学反応の結果なのかはわからない。おれにわかっているのは、おれたちが長いこといっしょに閉じこめられていたってことと、自分の手がアリーの着ている短いセーターの下に伸び、小さくて硬い乳房をつかんでいたことだけだ。おれは彼女をテーブルの上に押し倒し……。

隣の部屋に死んだ男はいなかった。テーブルの上の一万六千ドルの札束も、警察も、起こりすぎた。しかし、たったひとつだけわかっていることがあった。いまここで慌《あわ》てて逃げだせば、身の潔白を証明するチャンスは完全に失われてしまう。

おれは誰も殺していない。誰も襲っていない。金も盗んでいない。若い女と寝たことで、自分と家族との最後の絆《きずな》は断ち切ってしまったかもしれない。しかし、犯罪者にはなっていなかった。指名手配にもなっていない。無一文で、職もなく、二日酔いだが、まあただそれだけのことだ。きのうからなにも変わっていない。

マータのことは失った。しかしそれをいうなら、とっくの昔に失っていたのでは？

なぜ逃げなければならない？　アリーがそう望んでいるから？

「あいつの車を使ったほうがいいわ。すくなくとも、この町から出るまでは。行き先はニューヨークがいいと思う。今後の計画を立てるまで、どこかのホテルに泊まるの」

アリーはおれを見ていた。その顔には完璧《かんぺき》な自信がみなぎっていた。誰かが自信に満ちた目でおれを見たことなど、もうひさしくなかった。その表情はこう語っていた。

「わかるでしょ。わたしはあなたのためにやるべきことをやった。こんどはあなたがわたしを助けて、守ってくれなきゃ」

おれはキッチンに行き、札束をブリーフケースにつめた。

リビングルームに戻ると、アリーはボストンバッグに荷物をつめていた。おれは漠然と、指紋やなんかのことを考えていた。しかし、自分がここにいた形跡を消しても意味がない。おれがここにいたことはマータが見ている。ネッドも見ている。ネッドは意識を取り戻し、警察に証言するだろう。

犯行の証拠を消したりしている暇はない。ただ逃げるだけ――姿をくらますだけだ。

十分後、おれは床に落ちていたネッドの車のキーを見つけ、アリーとふたり、アパートメントをあとにした。部屋はそのままにし、ドアをロックした。アリーはオーダーメイドのスーツを着て、サングラスをかけた。おかげで、子供っぽさがすこしだけ薄れた。札束の入ったブリーフケースは彼女が持ち、おれはボストンバッグを持った。おれは顔を洗って髪を整えたが、髭《ひげ》は剃《そ》っていなかった。服はしわくちゃで、浮浪者みたいな気分だった。

ふたりでネッド・メドウズの車に乗りこんだ。イグニションキーをひねるとエンジンがかかった。舗道わきから車を出そうとしたとき、隣で息を飲む音がした。首をひねってそっちを見ると、アリーはシートに身を沈め、片手で顔を隠していた。

「急いで」

おれがアクセルを踏みこむと同時に、通りの反対側の舗道わきに白いキャデラックが停まった。サングラスをかけた男がハンドルを握っていたが、こちらには目を向けていなかった。

おれは質問を口にしかけたが、アリーはさらに身を沈めて切迫した声でいった。

「急いで」

アリーの提案したとおり、ニューヨークに向かった。しかし、そのあとはおれが主導権を握り、足取りを消すためにありとあらゆる手をつくした。ホテルにはチェックインしなかった。

メリット・パークウェイを降りてブロンクスに入ると、まずはネッドの車を処分するために、駐車場に乗りつけて一カ月の長期駐車を頼んだ。料金は前払いし、キーは係員に預けた。名前と住所は適当にでっちあげた。

それから地下鉄でミッドタウンに行き、アリーをデパートに行かせて帽子とハイヒールを買わせた。ティーンエイジャーだとわからないようにしたかったのだ。あいつが買い物に行っているあいだ、おれのほうは床屋を探して散髪をした。その後、アリーが買ってきた毛染め剤をバスターミナルでうけとり、個室トイレにこもった。出てきたときにはもう赤毛ではなく、漆黒のクルーカットになっていた。

おれたちはおなじバスに乗り、南に向かった。ただし、切符はべつべつに買った。おれはワシントン行きの切符を買い、アリーはヴァージニア州リッチモンド行きの切符を買った。べつべつの座席にすわったが、どちらもフィラデルフィアでバスを降りた。

つぎに飛行機でボルティモアに向かった。ここでもチケットはべつべつに買い、べつべつの座席にすわった。空港から市内までおれたちを運んでくれたタクシーの運転手は、いわゆる裏の道に通じていた。おれは彼の顔をひと目見ただけでそれを見抜いた。

おれは十ドル札を差しだした。タクシーの料金には多すぎる額だ。すると運転手はすぐに理解した。おれたちがなにをしていて、おれがなにを望んでいるか、はっきり了解した。名前はスミスだとおれがいうと、わかってますというように微笑んだ。

「ホテルを探してるんだ。この女性とおれがチェックインできて……」

そう、運転手は知っていた。安宿とまではいわないが、宿帳にジョン・スミス夫妻と書いても妙に思われないタイプのホテルを。アリーのことは飛行機でひっかけた若い娘だと思わせるつもりだったが、どうやらプロの娼婦《しょうふ》だと思っているようだった。オレンジのメイク、つけまつげ、紫の口紅――たしかに娼婦そのものだった。

デスクのフロント係は運転手とおなじ鋳型《いがた》からできた男だった。バスルームつきの部屋が一晩十五ドル、驚いたことにそれなりに清潔だった。すくなくとも八ドルの価値はあった。

アリーとおれは市役所に行き、申請用紙に記入した。なにをはじめるにも出発点は必要だ。どこかからはじめないことには、身分証明書は手に入らない。

いちばん手っ取り早いのは結婚証明書だった。どういうわけか、結婚証明書は公的証明書のなかで唯一《ゆいいつ》、取得時に身分証の提示を求められない。証明書を発行する役人どもは、偽《にせ》の結婚証明書をわざわざ申請するやつがいるとは思いもつかないのだろう。たしかに、アリーみたいに美しい娘ならそんなことをするはずがない。

もちろん、式を挙げるには結婚証明書を取ってから二十四時間待つ必要がある。そのあと、運転免許証を取るのに二日か三日。さらにそのあとで、車の購入と登録。すべてが順調に進めば、ジェラルド・マーン夫妻は今週末にも新婚旅行に出かけられるだろう。

三月五日、木曜日の午後六時半。ほんの四時間ほどまえ、アリーとおれは市役所でごく簡素な式を挙げた。裁判所書記官がすべて処理してくれた。いまやおれたちは正式にジェラルド・マーン夫妻になった。そのあとでホテルを引き払い、市のまんなかにあるべつのホテルにチェックインした。こんどはずっとまともなホテルだった。取った部屋は新婚カップル用のスイートで、一泊三十八ドル。結婚証明書はいま、居室の長いライブラリーテーブルにのっている。部屋はふたつあり、バスルームと小さなクロゼット・キチネットがついている。質屋で買った旅行かばん（中古だが造りはしっかりしている）は、大きいほうのクロゼットにつっこんであり、化粧ダンスの引き出しには買ったばかりの服がつまっていた。

結婚証明書の隣に陸運局の書類が並んでいるのは、アリーとおれが結婚式のすぐあとで――もちろんべつべつに――運転免許試験を受けたからだ。

おれの足元にはニューヨークの新聞といくつかの地方紙が散らばっていた。どの新聞もコネティカット州スタンフォードで起きた事件を伝えていた。ニューヨークの夕ブロイド新聞にはかなり詳しい記事が載っていたが、地方紙は通信社の要約記事を使っていた。

事件は派手に書き立てられていた。

アリーはベッドルームの大きなダブルベッドに裸で横になり、薄い高級シーツをかけて眠っている。さもなければ、眠っているふりをしているだけかもしれない。あと一時間ほどしたら起こし、ルームサービスで夕食を注文しよう。

おれはボクサーパンツ一枚で椅子《いす》にすわり、スコッチのソーダ割りを飲んでいる。トレイには砕いた氷の入ったボウルと、まだ栓をあけていないソーダが二本、そしていちばん手前にはスコッチのボトルがのっている。

おれはたったいまアリーのそばを離れたばかりなのに、もう彼女のことを考えている。

さまざまな結論が頭に浮かんでくる。そのうちでもっとも気が休まるのは、自分は完全に気が狂っているという結論だった。

疑いの余地なく、アリーは生まれつきの嘘つきだ。同時に、殺人者にして泥棒でもある。あいつは平然とドノヴァンを殺した。おれがとめなければネッドも殺していただろう。理由などなくても殺していたはずだが、彼女にはドノヴァンを殺すじゅうぶんな理由があった。

あの一万六千ドルだ。

ドノヴァンが飛び出しナイフでおれを刺そうとしたという話を、おれはまったく信じていない。あの男が飛び出しナイフを持っていたかだって怪しいものだ。ドノヴァンがアリーの恋人を殺したって話も信じていない。ほんとうに水夫が存在したとも、彼女の話になにかひとつでも真実が混じっているとも思っていない。

ネッドはアパートメントの鍵を持っていた。しかし、アリーがうちでベビーシッターをした晩、アパートメントに彼女を迎えにいったときに盗んだんだとは思わない。アリーが自分からあの男に渡したのだ。

あの最初の夜、おれが彼女のベッドで過ごしたのも偶然の出来事とは思わない。ネッドの車でおれに家まで送らせたときからしっかり計画を練ってあったのだ。

証拠はどこにもない。しかし、おれには自分が正しいことがわかっている。

もしかしたら自分は気が狂ったんじゃないかと思うのは、もうなにがどうだろうとかまわないという気持ちになっているからだ。そんなことまったくどうだっていい。重要なのはアリー、隣の部屋のダブルベッドで裸のままシーツをかぶっているアリーだけだ。

椅子からちょっと身を乗りだせば、シーツ越しに彼女の体の線が見てとれるだろう。あの体のことはすべて知りつくしている。シーツなどかかっていないも同然だ。

あいつは子供だが、女でもある。たわわに熟れた一人前の女だ。当人がいっているとおり十七歳なのかもしれないし、もっと下か、反対に上かもしれない。知ったこっちゃない。どうだっていい。おれにわかってるのは、あいつが最高に愛らしい女で、欲望を覚えずにはいられないってことだけだ。そして、彼女はおれのものなのだ。

　アリーはまるでものを知らない。それでいて、すべてを知っている。一生かからなければ学べないようなことを知っている。本能的に知っているのかもしれないし、これまでの人生で直面した現実やさまざまな男たちから学んだのかもしれない。どうであろうと、おれは気にしていない。おれが目を向けてるのはいまのアリーだけだ。いまのあいつになにができるか、おれの血管を流れる血をどんなふうにたぎらせることができるかだ。

　おれはアリーの唇と口を知っている。小さな貝殻のような耳、ほっそりとして柔らかな首筋、張りのある乳房、そして体じゅうの秘密の場所。アリーといっしょにいれば、ほかのどんな人間からも知り得なかったものや、そんなものがあるとは思いもしなかったなにかが見つかるだろう。それがなんであろうと、おれはほしい。ほしくなるときがあるとは思えない。

　アリーがこれまでになにをしてきたかを考えるときに感じる嫉妬《しっと》だけでなく、小洒落《こじゃれ》たギャングのドノヴァンや、デブで好色で薄汚いネッドや、もしかしたら彼女のことを知っているかもしれない男たちのことを考えたときに感じる嫉妬も――彼女がおれのものであるかぎり無意味だ。

アリーが嘘をついているとしても、そいつは子供がつく嘘とおなじだ——深い意図はないし、そもそも意味さえない。あいつは自分で自分の嘘を信じることができるのだ。すくなくとも、その嘘をついているときには。腹黒さも、騙《だま》すつもりもない。いまそのときに都合のいいことをし、その場の状況に都合のいい話をしているだけだ。

アリーにはたったひとつだけ嘘をつけないことがある。愛し合っているときの反応だ。どんなに優れた女優だって、あんな演技はできっこない。

おれはスコッチをもう一杯注ぎ、足もとに散らばっている新聞にぼんやりと目を向けた。

ドノヴァンに関してアリーがいっていたことに嘘はなかったらしい。アパートメントの家賃を払っていたのはドノヴァンだった。彼はケチなギャングで、警察にもよく顔を知られていた。賭博《とばく》シンジケートの集金人だという話もほんとうだった。軽罪で何度か逮捕されており、評判はよくない。新聞記事によると、ブロンクスかどこかに住む母親と同居していたらしいが、自分の名義でスタンフォードにアパートメントを借り、アリーを住まわせていた。記事を信用するなら、警察はアリーが誰でどんな素性かもいっさいつかんでいない。わかっているのは名前と、非常に若かったことだけらしい。

タブロイド新聞には、ドノヴァンが副業で若い女の手配をしていたらしいと書かれていた。アリーはドノヴァンが不道徳な商売に引き入れた女のひとりではないかという。ただし、それ以上先までは足跡をたどれていないようだ。

ネッドはアパートメントで意識不明のまま発見された。警察に匿名《とくめい》の電話通報があったのだ。新聞によると警察はきびしく尋問したらしい。そりゃもちろんそうだろう。警察はアリーについてほぼなんの情報もつかんでいなかったが、おれに関しては知るべきことをすべて知っていた。

ネッドは嘘をつく必要も、話を誇張する必要もなかった。ただありのままを話せばよかった。ネッドがアリーに会ったのは、彼女が求人に応じてオフィスに面接にきたときだった。アリーのアパートメントの鍵を持っていたことはもちろん否定したが、彼女にベビーシッターを頼んだことは認めた。また、おれに車を貸したことも話し(もちろん、なぜ貸したかは話さなかった)、マータから話を聞いて車を取りにきたのだと説明した。

ネッドはアパートメントのドアをノックするとおれが入れてくれたと証言していた。テーブルに大金がのっているのが目に入り、あれはなんだと質問すると、誰かに殴られた。殴ったのがおれなのか若い娘なのかは確信がないという。

ネッドはまだ入院中だった。新聞記事から察するに、警察はそのまましばらく入院させておきたがっているようだ。やつは完全にシロと見なされているわけではない。マータも事情聴取をうけていた。アリーはまたひとつ真実を語っていた。マータはあのアパートメントに入り、ベッドで眠っているおれを目にしていた。質問に答えるのはマータにとってさぞつらかったにちがいない。マータはプライドが高い。根拠のないプライドかもしれないが、プライドはプライドだ。夫は車でベビーシッターを送っていき、帰ってこなかった。アパートメントに行って夫を見つけ、家に帰った。夫は職が見つからずに不安をかかえ、神経衰弱気味だった。おれの行動を説明するには、それがいちばん筋の通った方法だった。

亭主がどこかの魅力的な女と浮気していることを知ったら、妻ってもんは決まってそう思いたがる。あの人は精神的におかしかったんです、というわけだ。

そこから先は、どの記事もたんなる憶測にすぎなかった。タブロイド新聞はおれが金目当てにドノヴァンを殺し、娘を誘拐したのではないかと匂《にお》わせていた。そのほうが話が扇情的になるからだろう。一般紙は推測するのをためらっているが、ギャングの内部抗争や賭博シンジケート間の不和をほのめかしていた。彼らはおれに「疑わしきは罰せず」の原則を適用してくれていたし、なかには、アリーとおれはドノヴァンを殺したライバル組織に誘拐された可能性もあると書いている新聞もあった。ただし、警察も新聞もある一点に関しては意見が一致していた。

おれたちふたりが見つかるのは時間の問題だ――。

一瞬、電気椅子の冷たい腕木に抱かれているような気がした。

アリーは一時間もしないうちに目を覚まし、空腹を訴えた。

ピーナッツバターとジャムのサンドイッチと牛乳がほしい。それと、ルームサービスに電話してテレビを手配できないか訊《き》いてほしい。

これからどうするつもりなのかも、どこに行くつもりなのかも訊かなかった。質問はゼロ。口にしたのは食事とテレビのことだけだった。

それからしばらくして、ふたりで食事をしながら（おれはなんとか説得し、ステーキを食べることに同意させた）おれは質問を投げてみた。ネッド・メドウズの車に乗ってアパートメントをあとにしたとき、通りの反対側に停まっていた白いキャデラックのこと。サングラスをかけた男のこと。すくなくとも、警察に匿名の通報を入れた人間がいるのだ。

しかし、事件に関してなにを質問しても、覚えていないの一点張りだった。歩道わきからネッドの車を出したとき、シートに深く沈みこんで顔を隠したことも否定した。

ただし、ひとつだけ自分から質問した。

「あのお金、いつまでもつと思う？」

おれは肩をすくめた。「神のみぞ知るだな。とにかく、永遠にもたないことだけはたしかだ」

「どこか西のほうに逃げるっていうのはどう？」

「そりゃかまわないが、なぜだ？」

「兄さんと連絡がつけられるから」とアリーはいった。「兄さんは向こうに住んでるの。きっと力を貸してくれるはずよ。たっぷりお金が手に入るように取りはからってくれる——お金が必要ならいつだって」

逮捕されずにいればいるだけ、このまま自由でいられる可能性が高くなっていくことは、最初からわかっていた。

4

しかも、こっちには有利な点が多い。おれたちが盗んだのは、ある意味で〝安全な金〟だ。銀行から強奪した金などではないから、保険会社やＦＢＩが乗りだしてくることはない。金の持ち主が提訴するとも思えない。賭博《とばく》シンジケートが提訴するには、非合法に手に入れた金だと認めなくてはならないからだ。犯罪事件が起きて金が盗まれたのではない場合、追っ手の規模や意気込みは小さくなる。

それに、殺されたのはケチなギャングだ。すくなくとも公《おおやけ》には、ドノヴァンの死を気にかけている人間はいない。やつの死は社会にとって大きな損失だったわけではないし、犯人に報復すべく社会が格別の努力をすることはないだろう。新聞から記事が消える頃には、事件は噂《うわさ》にものぼらなくなり、忘れ去られているはずだ。公的な警察機関で事件に興味を持ったのは、地元のスタンフォード警察だけだった。しかしスタンフォード警察には、市民にはほとんど無関係な犯罪の捜査よりも優先すべきことがたくさんある。影響力のある関係筋が興味を持たない犯罪には、警察も犯人に対する怒りをかき立てられないし、処罰してやろうと熱くなることもなく、すぐに忘れて日常業務に戻ってしまいがちだ。

もちろん、だからといってゆったり構えていられるわけじゃない。身の安全を確保するためにできることは、すべてやる必要がある。追っ手を攪乱《かくらん》し、目をくらますため、おれはボルティモアで過ごしたこの二週間に、ひとつ大きな偽装工作をした。

飛行機でシカゴへ飛び、マータ宛《あ》ての長い手紙を投函《とうかん》したのだ。そして、すぐにボルティモアにとって返した。

文面はよくよく考え抜く必要があったから、書き上げるにはすごく手間取った。おれは中西部にいると警察に信じこませると同時に、アリーといっしょではなく、べつべつに逃げていると思わせる必要があった。

まず、この手紙がきたことはぜったい警察に知らせるな、と書いた。おれのしたことを考えれば信じられないかもしれないが、いまでもおまえを愛している。きっちり説明して疑いを晴らすから、それまで判断は保留してくれ。すくなくとも、新聞の話には耳を貸すな。結婚してからふたりで過ごしてきた年月を考えれば、それくらいはしてくれていいはずだ。そう説明したあとで、この手紙のことは警察に黙っていてくれと、もう一度念を押した。しかしおれにはちゃんとわかっていた。手紙はマータのもとに届くまえに当局が押さえて開封するはずだ。

手紙には、あの夜スタンフォードのアパートメントで起きたことをありのままに書いた。ベビーシッターの娘と寝たことも認めた。許しを求めたりはせず、言いつくろいもしなかった。おれはこれまでずっとみじめだったんだと説明し（もちろんマータもそれはよく知っている）、酒を飲みすぎたのだと書いた。やってしまったことに関しては非難をすべてうける。そのほかの疑いについても、きちんと説明さえさせてくれれば、そのあとでおまえが別居を選ぼうが離婚を要求しようがおとなしくうけいれる。おれはただ、おまえが理解して許してくれることを願うばかりだ。

当然のことながら、ここがこの手紙を書くうえでいちばん厄介な部分だった。いかにももっともらしい文面を書くのはむずかしいが、手紙を成功させるにはもっともらしく書く必要があった。おれはマータとの生活を――近い将来にどこかで――立て直したいと願っているように思わせたかった。

そのあとで、死んだ男について書いた。おれはまったくの無実だと説明した。酔っぱらって完全に意識を失い、目を覚ましたら男はすでに殺されていた。あの娘といっしょにトにネッドが入ってきたとき、おれは完全にパニックに陥った。あの娘を置き去りにして逃げ、ニューヨークまで行ったが、急に怖くなって理性を失い、娘を置き去りにして数日ほど身を隠していた。できれば警察に自首したかったが、新聞を読み、真実を話しても絶対に信じてもらえないことに気づいた。あの娘を置き去りにしたことで、自分の無実を証明してくれる唯一《ゆいいつ》の証人を失ってしまったからだ。

ただし、ニューヨークでおれと別れてからあの娘がどこに行ったか、手がかりがないわけではない。彼女はシカゴの出身で、あの街に友人がいると話していた。おれはあの娘を見つけだすつもりだ。もしかしたら、警察が見つけてくれるかもしれない。どちらにしろ、彼女が見つかるまでおれは身を隠している必要がある。

手紙を投函してから三日後、この入念に仕組んだ偽装がまったくの無駄ではなかったことがわかった。シカゴの新聞を買ったところ、十年ほどまえに撮ったおれの写真が第一面に掲載されていたのだ。写真に添えられたキャプションには、〈殺人容疑により東部で指名手配、当市に潜伏の可能性〉とあった。アリーに関してはまったく触れられていなかった。

おれたちはボルティモア・ホテルの新婚用スイートにまる二週間滞在した。新聞から事件に関する記事が消えたところで、移動すべき頃合いだと判断し、新しくつくりあげた身分をさらに確固としたものにするための第二段階に着手した。

おれは時間を無駄にしなかった。疑われたときに備え、非の打ちどころのない身分と経歴をつくっておかなければならない。身分と経歴がしっかりしていれば、疑いを招く危険も減る。さらに、外見もできるだけ変える必要があった。運のいいことに、アリーの外見に関しては警察も断片的な証言しか得られておらず、写真も入手できていなかった。やつらが持っているのは、おれが二十代のときに撮った写真だけだ。

おれについていえば、外見を変えるといってもできることはほとんどなかった。しかし、やれるだけのことはやった。まずは太い角縁の眼鏡を買った。検眼士のところに行き、読書をしていると頭痛がすると話すと、疑うことなく処方箋《しょほうせん》を出してくれた。すでに髪を染めて髪型も変え、口ひげを生やしはじめていた。

アリーのほうは、ある意味で変装がずっと簡単だった。新聞はどれも「ティーンエイジャーでとびきり美しい」と報道していた。記事に載った情報では、髪は長く蜂蜜《はちみつ》色《いろ》、大きな瞳《ひとみ》はブルー、身長は百五十九センチ、体重は五十キロとなっている。まあ、体重に関してはいかんともしがたいが、身長のほうは高いスパイクヒールをはかせて数センチほど稼がせた。アリーの実際の身長は百六十五センチで、ハイヒールをはくとさらに九センチ高くなる。髪を染めるのは嫌がったが、美容院に行って短く切り、ぼさぼさのヨーロッパ風にした。

アリーの視力は左右ともに二・〇だったので、眼鏡は選択肢に入らなかった。しかし、車を運転するときに太陽がまぶしいというと、検眼士はうっすらと緑がかったレンズのサングラスをつくってくれた。

新聞はアリーのことをかならず「ベビーシッター」と説明していた。一般的なベビーシッターのイメージといったら決まっている――ショートスカートにゆったりしたセーターを着て、ボビーソックスをはいている高校生だ。このイメージから離れるため、服は慎重に選び抜いた。できれば、名門女子大のヴァッサーを卒業して編集者か調査員として働いている若い女性だと思わせたかった。さもなければ、マディソン街の大きな広告会社に勤務している頭の切れる若い娘とか。洗練されていて、ほとんど極端なくらい型にはまっていて、いかにも高そうなオーダーメイドのスーツを着ている。そういったタイプだ。

とはいえ、仕上げにもっとも効果があったのは、服とはまったく関係がないものだった。

おれは高級ペットショップへ行ってブルーグレイのミニチュアプードルを買い、外出するときにはかならず連れていけとアリーにいいつけた。プードルを連れた若い娘を見て、殺人事件の共犯者として指名手配されていると考える人間はいない。

いかにも没個性的な人間を装《よそお》うより、ちょっと派手で人目を引くくらいのほうが目立たないというのが、おれの持論だった。見た目が派手なカップルは、人目を避けようとしていると疑われる可能性が低い。身を隠そうとしている人間は周囲に溶けこもうとするはずだ、と警察は考える。だから、その反対のことをするのだ。

車を買うときもこの方針を貫き、特徴のないシボレーやフォードではなく、白いジャガーのコンヴァーティブルを選んだ。

おれたちは木曜日の午前十一時にホテルをチェックアウトした。トップをたたんだジャガーを発進させたときのおれたちは、かなり人目を引いたはずだ。荷物はトランクにくくりつけてあり、帽子もかぶらずにハンドルを握ったおれはツイードのカジュアルなジャケットに身を包んでいた。隣にすわったアリーの膝《ひざ》では、赤い革の編みひもにつながれたプードルが狂ったように吠《ほ》えながら、凝った飾りのついたラインストーンの首輪を喉《のど》に食いこませている。アリーはサングラスをかけ、長いブルーのスカーフを結んでいた。まさに百万ドルの輝きだ。

おれのジャケットの内ポケットには、車の登録証と免許証にくわえ、自動車保険の証書が入っていた。名義はどれもジェラルド・マーンになっている。それと、ボルテイモアのメリーランド貯蓄銀行に千五百ドルほど入金してつくった小切手帳。財布のなかにはトラベラーズチェックで七百ドル以上。これは二十カ所以上の場所でちょっとずつ買い集めたものだった。完璧《かんぺき》な身分証明にはならないが、ちょっとした緊急事態には役に立ってくれるはずだった。

ルート三〇一号線に乗って南に車を走らせながら、おれはアリーに目をやった。われながらたいした仕事ぶりだった。いまのアリーはおれが望んでいたとおりの姿をしている。外見は完璧だ。

しかし、おれがつぎに行こうと考えている場所も、つぎに計画していることも、たんなる外見以上のものを必要としていた。おれはアリーを相手に『マイ・フェア・レディ』のヒギンズ教授を演じなければならない。すでに第一段階ははじまっている。もちろん、どう頑張ってもできないことはある。すくなくとも、すぐには無理だ。これから演じる役割に合った言葉や表現や話し方をたった一晩で教えこむことはできない。どうしたって時間がかかる。しかし、おれはできるだけのことをした。

「人前に出たら、話はぜんぶおれにまかせろ。レストランやホテルで食事をするときは、オーダーはすべておれがする。ピーナッツバターとジャムのサンドイッチは忘れろ。これからのおまえは知的で洗練された金持ちだ。名家の出で、いい学校を卒業してる。話し方も身のこなしも生き方も、それにふさわしくなきゃいけない。たとえば、その膝の上の犬は〝ベイビー・ドール〟じゃない。たったいまからこいつは——そうだな、〝ジジ〟だ。それと、レストランや店を出ていくときには、けさホテルを出たときみたいに、ドアマンが『いってらっしゃいませ、ミスター・マーン』と声をかけてきても、『じゃあね』とか答えちゃだめだ。ただにっこり笑って、かすかにうなずけ。タバコを一箱持ってこいとベルボーイに頼んでもいけない。なにかの指示はすべておれにまかせろ。おまえは超然として黙ってる。なにか話すときには、流行《はや》り言葉は使わず、語尾のGをしっかり発音する。それから……」

アリーは犬を抱いたまま身を乗りだし、おれの口の端にキスをした。「こんなふうにキスしてもいいの、スイートハート？　あなたはいまのままのわたしが好きなんだと思ってた」

「キスならいつだってしていいさ。ただし、人前ではだめだ。それから、スイートハートと呼ぶのはやめろ。おれはいまのままのおまえが好きだ。鉄格子《てつごうし》の向こうには行ってほしくない」

アリーはふくれっつらをしたが、おれのいいたいことは理解した。

その夜はヴァージニア州のモーテルに泊まり、翌日はふたたび南をめざした。おれが選んだ目的地はサウスカロライナ州のエイケンで、そこに着いたらどうするかもはっきり決めてあった。

エイケンに着くと、街でいちばん高級なホテルにチェックインした。夕食は部屋でとった。アリーはすこし落ちつかないらしく、映画に行きたがったが、テレビを見ろと説き伏せた。翌朝、ショッピングをしてこいといって札束を渡し、ランチタイムまでにはホテルに戻っているように指示した。

おれのほうは支配人の部屋へ行って自己紹介し、いい不動産仲介人を紹介してほしいと頼んだ。会話の流れのなかで、おれはこのあたりに腰を落ちつけようと思っていると話し、どこか街のはずれに土地を買うことになるだろうと匂《にお》わせた。牧場を経営してヘレフォード牛を生産し、馬も飼いたい。三、四百エーカーくらいの土地を考えている。住み心地のいい家屋と、できればプールもついていればもうしぶんない。

ホテルの支配人は遠回しに質問し、おれの職業と出身地を聞きだそうとしたので、とくにこれといった仕事をしているわけではなく、遺産で暮らしているのだと答えておいた。つい最近結婚したので、どこか落ちついて生活できる場所を探しているのだと。

話すときに親指の爪《つめ》で下の歯をこする癖のある支配人は電話に手を伸ばし、ランディという名前の男と話をはじめた。どうやらこのランディというのは個人的な友人らしかった。

ランディの正式な名前はランドルフ・カードルといい、〈カードル&カードル〉という不動産屋を経営していることがわかった。数分後、おれは彼のオフィスにいた。カードルはおれを支配人の友人だと思いこんでいた。

おれが自分の希望を説明すると、カードルは訊《き》いた。「失礼ですが、価格はどの程度をお考えですか、ミスター・マーン？　あまり詮索《せんさく》はしたくないのですが、お話しいただければ時間の節約になるかと……」

値段は問題ではないと答え、具体的にどんな物件がほしいかを説明した。

カードルはいますぐ車を用意するといったが、おれはジャガーを使えばいいと譲らなかった。それからの二時間半、おれたちはサウスカロライナの不動産を見てまわった。

正午を過ぎたところで、ごいっしょに昼食をいかがですとカードルが訊いた。おれは妻と約束しているのでと答え、ホテルでいっしょにどうかと誘った。彼はうなずいた。

　アリーはホテルの前に立っていた。おれとカードルが車で近づいていくと、プードルのジジが歩道脇《わき》で自分の縄張りを主張するための儀式をはじめた。アリーは買い物の包みをいくつか腕に抱えていた。

　おれがふたりを引き合わせると、アリーはかわいらしく微笑《ほほえ》んで話しはじめようとした。おれは彼女の腕をさっとつかみ、ぎゅっと力をこめながらいった。「妻はひどい咽頭炎《いんとうえん》が治ったばかりで、声が出ないんだよ。申し訳ないが、お許しいただきたい。医者がいうには……」

　おれがそのまま言葉を切ると、カードルはおだいじにといい、アリーは彼に向かってもう一度微笑んだ。プードルが自転車に乗った男を見つけ、革紐《かわひも》をぐいっとひっぱって吠えはじめた。おれはアリーにジジを部屋に戻してくるようにいい、カクテルラウンジで待っているといった。昼のあいだ、カクテルラウンジはランチルームとして使われているのだ。

　昼食の席ではすべてがスムーズに進んだ。ただしおれが、アリーに子牛の胸腺肉《きょうせんにく》を注文したのはちょっとまずかった。彼女はぎょっとした表情を浮かべ、怯《おび》えた顔をおれに向けた。もう一度だけアリーが驚いた顔をしたのは、きょうおれが最後に見た土地の提示価格は四十五万ドルだとカードルがいったときだ。アリーは胸腺肉を喉につまらせたが、なんとか持ち直した。ご褒美《ほうび》に、デザートにチョコレートサンデーを注文してやった。食事を終えると、おれはカードルより先に伝票を手に取った。

それから、妻は医者から食後に休息をとるようにいわれているので、部屋まで送ってくると断わった。部屋についてふたりきりになると、アリーは買ったばかりのハンドバッグを見せたがった。しかしおれは、あとにしろといった。

「四十五万ドルの土地って、どういうこと？　頭がおかしくなったわけじゃないわよね？」

「計画の一部さ」おれは彼女にキスした。「たんなる計画の一部だ。さあ、安心していい子にしてろ。またしばらく出かけるが……」

「ひとりで待つのはいや」

「なら、映画を観《み》に行けばいい」

その日の午後は、さらに六カ所ほどの土地を見てまわったが、これはと思える物件は見つからなかった。四時になる頃には持ち札がつきてしまい、カードルはちょっとばかりあせりはじめた。その日、彼はおれを質問責めにし、どんな物件を望んでいるかを探りだそうとした。案内された土地のひとつでおれがちょっと興味を示してみせると、カードルはここだと多額の住宅ローンをかかえることになるといった。いったいいくらまでなら出す気があって、手付け金としてどのくらいの現金を用意できるかを聞きだそうというのだ。おれはあわてて話をつくった。

「税金対策上の理由で住宅ローンを組みたいんだ。しかし絶対条件ってわけじゃない。価格も問題じゃない。ただし、三、四十万以上は出すつもりはないがね。希望どおりの土地が十万とか十五万で見つかれば、そのほうがずっといいわけだし」

このあたりでカードルの売り口上に熱がこもってきた。こんなチャンスを逃したくないのだ。

しかし、四時には見るべき物件はすべて見終わってしまった。カードルのリストには、これはという物件がもうひとつも残っていなかった。

おれはしばらく気をもませてからいった。「このあたりの土地は気に入ったよ。この町は好きだし、周辺の雰囲気も悪くない。物件のいくつかは必要条件を満たしている。しかし……」

「どの物件が……?」カードルが質問しかけたが、おれはすぐにさえぎった。

「残念だが、どれもだめだな。うっかり見せ忘れてる物件がないことはたしかなのか?」

カードルはしばし考えるふりをしてから口を開いた。その声には失望がにじんでいた。「ご安心ください、ミスター・マーン。かならずご満足のいく物件を探しますよ。なんといっても、この地域の優良物件はすべてカードル＆カードル不動産があつかっていますからね。場合によっては手放してもいいと現在の所有者が考えている土地に、いくつか心当たりがあります。二日ほど時間をいただければ……」

「こういうのはどうだろう」おれはあたかもたったいま思いついたかのようにいった。「あわてて決めてあとで後悔するより、しばらくこの町に滞在して、ゆっくりいい物件を探したほうがいいと思うんだ。どこかに家を借りてね。そのほうが賢くないか？何十万ドルを出して家を買うのは軽々しく決めるようなことじゃ……」

カードルはすばやくうなずいた。「まったくそのとおりですよ。もちろん、家を借りるのも簡単ではないですが……」

「月極の物件が理想だな。できれば家具付きがいい。契約期間を定めず、あまりあれこれ縛りをつけないでくれれば、家賃はいくらでも文句はいわない。もちろん、住環境はいいに越したことはないがね。できればカントリークラブの近くがいい。使用人用の部屋もほしいし……」

おれはじっくり考える時間をあたえた。カードルはおれといっしょにオフィスに戻ると電話をいくつかかけ、翌日の午前中にふたつ予約を入れた。その晩、彼はおれが辞去するまえにそばにきて、おれが訊いてほしいと思っていた質問をした。

「カントリークラブの近くがいいとおっしゃいましたよね？　ゴルフがお好きなんですか？　だったら、わたしのクラブのゲストカードをいかがでしょう。じつはわたし、ゴルフ委員会のメンバーで、以前は会長だったんですよ。委員会にはちょっとした規則があって、メンバーになるには家族がこの土地に一年間居住していることが必要です。しかし、あなたの場合は特例あつかいにできると思います。もちろん……」

そう、すべては完璧にうまくいった。五日後、おれは賃貸契約書にサインし、コロニアル様式の家を月極めで借りることになった。家具付きで部屋数は九、場所は町から数キロのところで、カードルがメンバーになっているカントリークラブのすぐそばだった。家賃は月三百ドル。エイケンの相場としては高いが、ほかの土地に較《くら》べれば安い。

カードルは約束どおり手をまわし、カントリークラブのゲストカードを手に入れてくれた。さらに、サザン信託銀行の頭取も紹介してくれた。おれは当座口座を開いて千ドル預金し、ボルティモア銀行宛ての小切手を切った。つぎに、数枚の郵便為替に裏書きをしてボルティモアへ転送し、サザン信託銀行に追加の小切手を何枚か預金した。また、サウスカロライナ州のナンバープレートをジャガー用に取得するための書類にサインし、運転免許証を取得した。

ランディ・カードルはおれに土地を売りつければ手に入るはずの二万ドルから三万ドルの手数料をなにに使うか夢見ており、自分の知っている町の有力者のほとんど全員と、大物ビジネスマンの全員に紹介してくれた。もちろん、ライバルの不動産仲介人だけはべつだったが。

アリーは町でいちばん大きなデパートで買い物をするとき、クレジットがきくようになった。おれは社交クラブふたつと、入会審査の厳格な会員限定ビジネスマン・クラブに入った。

三日ほどのち、カードルにニューヨークの証券会社の支社長を紹介してもらい、二時間ほど株価ボードを見て過ごした。おれは鉄鋼や石油関連はやめて化学関連株を買おうかと真剣に考えていると打ち明け、慎重に考え抜いたような顔をして、電子機器会社のリスキーな株に二千ドルほどつぎこんだ。さらに、鉄鋼関連や石油関連の株を何年もまえから持っていると思わせるために、資本利得税を毎年がっぽり持っていかれるのはうんざりだとぼやき、株式仲買人が賢い投資先をアドバイスしてくるように仕向けた。

株式仲買人はゲインズレーという名の平たい顔の男で、おれを超高級会員制クラブのメンバーにしてくれたうえに、それからの数日間、おれのことを古くからの知り合いであるかのように紹介してまわってくれた。また、ゲインズレーは地元の政治家に裏から手をまわし、おれが名誉警部補バッジを授与されるように手配してくれた。

奇妙な話だが、あの男は金持ちらしいという評判が立つと、人は個人的な質問をするのをためらうようになる。もちろん、きわめて慎重に対処すべき問題が発生することもあった。卒業校の話になったときには、教育はスイスでうけたと答えた（チューリッヒにある寄宿学校の名前を知っていたのだ）。以前ルイヴィルに住んでいたと話したら、〈ペンデニス・クラブ〉について質問され、まずいことになりかけたときもある。あのクラブで何年も給仕長をやっていた男はなんていう名前だったかな、と訊かれたのだ。おれは突然激しく咳《せ》きこみ、すばやく話題を変えてその質問をかわした。

しかし全体的にみれば、なにもかもがうまくいった。エイケンに着いて五日後、アリーとおれは郊外の借家に落ちつき、メインストリートを歩きながら顔見知りと朝の挨拶《あいさつ》をかわすようになっていた――この土地にもう何年も住んでいるかのように。

もちろん、完璧に安全というわけにはいかないが、身元証明はしっかり築けたわけだ。これで不慮の事故は防げる。短期間で手に入れたことを考えれば、これ以上のカモフラージュは望めないだろう。

おれたちはエイケンで二カ月過ごした。さまざまな意味で、これまでの人生においてあれほど幸せだった二カ月は一度もない。

そう、完璧な二カ月だった。その二カ月が終わる頃には、おれの身元は確固としたものになり、微塵《みじん》の疑いもなくなっていた。われながらうまいことをやったと思うのは、トロフィーの一件だ。ゴルフクラブのトロフィー委員会にトロフィーをせがまれたとき、おれは七百五十ドルの銀のカップを購入して無償で提供し、彼らを驚かせた。このトロフィーはおれの亡《な》き父を記念した〈ジェフリー・マーン・シニア杯〉の記念品として、毎年地元の得点王に手渡されることになった。

この件は強い印象をあたえ、クラブのメンバーカードを手に入れるうえで役に立ったばかりでなく、おれにはいもしない父親がいることにしてくれた。あまりにありがちな展開に笑ってしまうことさえあった――ケルヴィン・グリーンという名の金物問屋が、ある晩クラブのバーで半分酔っぱらい、自分は以前クリーブランドであなたの父親に会ったことがあるといいだしたのだ。グリーンによると、ジェフリー・マーン・シニアは自分が知っているなかでもっともすばらしい紳士で、お近づきになれて非常に光栄だった、とのことだった。

そのまま永遠にうまくいく可能性もなくはなかった――しかし、問題がふたつあった。

二カ月が過ぎたところで、おれはざっと財源の会計検査をしてみた。アリーとおれに残された金は八千ドルに足らなかった。それでもなんとかそれだけの金が残っていたのは、でたらめに買った例の株が――びっくりしたことに――三倍に値上がりし、四千ドルの利益をもたらしたからだった。

八千ドルが永遠にもたないことはわかっていた。しかし、理由は金だけではない。それどころか、いちばんの理由でさえなかった。

もうひとつの理由はアリーだった。おれが演じているリッチないかさまプレイボーイの生活は刺激的で面白かったが、アリーにはなんの魅力もなかった。嫌でたまらないとか、どこか落ちつかないというわけではない。もっと悪かった。

泣くほど退屈してしまったのだ。

しかもアリーは、退屈するとかならずなにかをしでかした。

住みはじめたその日から、アリーは新居を憎んだ。

「なによ、この芝生」引っ越しをした日の午前中、アリーは書斎の窓から外を見渡していった。「なんだか孤独な気分になってくる。そもそも、ここのどこがいいっていうの？　わたしは近くに家がたくさんあるほうがいい。こんなさびれた場所に住んでたら怖くなる」

アリーが怖がるところなど、想像するのがちょっとむずかしかったが、理解することはできた。都会のアパートメントで育った人間の大多数は、田舎にくるとそんなふうに感じるのだろう。

アリーが住みこみの使用人を拒否したので、専門の女性に頼んで二日おきに掃除してもらうことで妥協するしかなかった。料理をするなど、アリーには考えることさえできなかった。キッチンをぶらぶら歩き、サンドイッチや甘い菓子をつくるのは大好きだったが――ファッジのレシピなら十種類ほど持っていた――それ以外、彼女にとって「家」はなにも意味しなかった。

おれはジャガーをあたえ、自分はフォルクスワーゲンを買った。また、カントリークラブに誘ってゴルフもやらせてみた。しかしプロからうけたはじめてのレッスンがさんざんな結果に終わり、アリーは一回であきらめた。

「スポーツで好きなのは野球だけよ。それも見るだけ」

社交ダンスも何度か試してみた。しかし、どこに行ってもフロアの男たちがアリーのまわりにどっと押し寄せてきてしまう。そのうえアリーは、あいつらはみんな変態と堅物ばかりで、音楽は死人みたいで活気がないと切って捨てた。男たちが同伴している奥さん連中にいたっては、ペスト患者のように避けていた。

何度か家に客を招いてみたこともあるが、これまたおなじ結果だった。男たちは薄気味悪いやつらばかりで、女たちはぞっとするほど退屈だった。パーティがまだなかばだというのに、アリーは失礼しますといって寝室に引きこもり、映画ファン雑誌を読みはじめてしまう。

週に三回か四回は映画を観に行った。ときにはアリーに説得されてローリーまで行き、二流のナイトクラブに入ることもあった。一度だけサーカスに行ったときには、サイドショーをすべて見てまわり、露店でどんどん金をふんだくられ、アリーもたっぷり楽しんだ。しかし、たいていはただひたすら退屈していた。

「真夏のマイアミ・ビーチだって、この死んだ田舎に較べたらずっといい」

ついに、アリーのほうから金の話を持ちだした。

「このままじゃ生活がもたないわ。それだけはたしか。こんなところとはさっさとおさらばして、西へ向かうべきよ。兄さんを見つけて、どうすればたっぷりお金が手に入るか教えてもらうの。そしたらどこか好きなとこへ行って楽しめる」

アリーのいう〝兄さん〟なる男を、おれは信用していなかった。この町から出ていくためにアリーがでっちあげた人間ではないかとさえ疑っていた。しかし、遅かれ早かれ出ていくしかないことは、おれも強く意識するようになっていた。それでもおれは、未来に目を向けまいとした。たぶん、自分が目にするはずのものが怖かったのだろう。

将来を考えずに、気ままなその日暮らしをするのは、生まれてはじめてだった。それを変えたくなかった。すべてをふいにしたのはアリーだった。

新居に住みはじめて二カ月後、事件が起こった。

その月曜の朝、おれは八時すぎに目を覚ました。ある取引の件で打ち合わせをするため、十時にカードルと銀行へ行く予定になっていた。その取引の話におれはすっかり興奮していた。土曜日の晩、おれはクラブでカードルと会い、誰もいない図書室へ行ってブランディを何杯か飲んだ。カードルが話を持ちかけてきたのはそのときだ。

カードルはすこし酔っぱらっていたが、明確に話ができるくらいにはしらふだった。なんでも、ちょっとした儲《もう》け話があるので一枚嚙《か》まないかという。じつは、土地区画規制委員をしている義理の兄が、町のサウスサイドで産業開発計画が進行中だという話をこっそり教えてくれた。計画は三十日以内に公表されるらしい。

やつが目をつけたのは、開発地区に隣接した二百エーカーの区画だった。いまならそこを二十五万ドルで購入できる。カードルと義理の兄は、とくに名を秘すある人物と銀行の副頭取と手を組み、ダミー会社を通じてその地所の九十日間の購入オプションを取得するつもりだという。もしその気があれば参加しないか。オプションは二万五千ドルで手に入る。あなたが参加するなら、出資額は一人につき五千ドルになる。

都市計画が発表されれば、土地の価格は五十万ドルに跳ねあがる。要するに、もし一枚嚙む気があり、五千ドル投資すれば、九十日もしないうちに五万ドル儲けることができるというわけだ。

いささかうさんくさいし、ほんとうにしてはおいしすぎる話だった。しかし、おれにはほんとうだということがわかっていたし、なぜカードルが声をかけてきたのかもわかっていた。やつはまだ、おれには何百万ドルも財産があると信じている。だからしっかり機嫌をとっておきたいのだ。いま計画している儲け話に嚙ませてやれば、おれが恩義に感じて、高額な土地を売りつけやすくなるという腹なのだろう。

まあ、そういった事情で、おれはすごく興奮していた。計画はうまくいくにちがいない。この手の取引はたいがいうまくいくと知っているくらいには経験を積んでいたし、こういうときに声をかけられるのは大金持ちの人間だけなのもわかっていた。金は金を引き寄せるのだ。

　というわけで、月曜の朝に目を覚ましたときのおれはかなり上機嫌だった。

　アリーはベッドの隣に寝ていた。おれは身を乗りだし、唇に軽くキスをした。

　アリーは目を開いておれを見つめた。

「かまわないで」

　おれは彼女を引き寄せようと手を伸ばした。

　おれとアリーの関係は奇妙なものだったが、彼女のことをほしいと思わなかったことは一度としてなかった。どういうわけか、いつだって朝が最高だった。

　アリーはさっと体をひねり、おれを押し離した。「かまわないでっていったでしょ」

「なあ、ベイビー」

　しかし無駄だった。いっしょになってからはじめて、あいつはおれを拒んだ。口さえきかなかった。こいつはおかしいと気づいてしかるべきだったが、不動産取引の件で興奮していたせいで、おれは頭の回転が鈍っていた。

　とにかく、からかって明るい気分にしてやろうとした。しかしあいつは、にこりともしなかった。おれが部屋を出たときも、ベッドに横たわったまま天井を見つめていた。

ホテルで朝食をとり、十時に銀行でカードルと落ち合った。ほかの三人はもうきていた。カードルの義理の兄が詳しい説明をし、全員が取引することに同意した。おれたちは取引成立を祝して握手を交わした。不動産ブローカーのカードルが実務を担当することになった。オプション契約をまとめるには二、三日かかるだろうとのことだった。そのときにまた、現金を持参して集まることになった。おれはその場で自分の分を支払うといったが、まだ急ぐことはないといわれた。

おかげで首がつながることになった。

十二時すこし過ぎに家に帰ると、通いのメイドから、アリーは二時間ほどまえに出かけたと知らされた。五時になってメイドは帰ったが、アリーはまだ戻っていなかった。おれはだんだん本気で心配になり、けさの態度がおかしかったことを思い出した。

五時十五分、電話が鳴った。

かけてきたのはデジオタという名の警部で、いま本署にいるといった。至急きてくれとのことだった。

署に着くと、すぐに警部の部屋に通された。

デジオタ警部はかなり若く、身なりのきちんとした男だった。身長は百八十センチ以上あったが目は穏やかで、物腰は柔らかく落ちついていた。その口ぶりを聞いたとたん、彼がおれを気の毒に思っていて、できるだけショックをあたえまいとしているのがわかった。

「奥さんはいま女囚房です。拘束衣を着せられ、鎮静薬をあたえられています」とデジオタ警部はいった。「もっと早くお呼びしたかったんですが、奥さんの身元がわからなかったんですよ――女性の看守がバッグのなかをあらためて身分証を見つけたんです。奥さんは、わたしはアリーだと叫びつづけていました」

たぶん、おれの顔は青くなっていたにちがいない。しかし、なんとか平静をたもった。いったいなにが起こったのか、いまだにわかっていなかった。

「いきなり神経衰弱のような発作を起こしたんだと思います。お酒を飲んでいるようには見えません。呼気からもアルコールは検出されませんでした。もちろん、薬物を摂取した可能性はあります。奥さんはなにか薬を……？」

おれは首を横に振っただけで、なにもいわなかった。この時点ではいえることなどなにもなかった。

「まあ、とにかくですね、騒ぎが起こったのは町の反対側にある黒人向けのバーです。かなり風紀の悪いところで、非合法なものも売っています。ただ、わたしたちが調べたかぎりでは、そもそもの発端はその店ではないようです。騒ぎには男がふたり絡《から》んでいるんですが、そのうちのひとりがマイク・カスターというやつでしてね。地元ではポン引きよりまだ悪いって評判の男で、そいつがようやくのことで、ローラースケートのリンクで奥さんを拾ったと白状したんです。やつはもうひとりのフィンケルってていうケチなちんぴらといっしょに奥さんを安酒場に連れていき、そろって酔っぱらった。というか、すくなくとも男たちふたりは酔っぱらった。それから三人は黒人向けのバーに行き、そこで喧嘩《けんか》がおっぱじまったってわけです。なにがあったかははっきりわかっていませんが、店じゅうの客が入り乱れての喧嘩騒ぎになったようです。ともかく、店を経営してる女が切られ、フィンケルって男は撃たれて重体です。警察が到着したときには、店内は修羅場と化してました」

「妻は怪我《けが》を？」

「いいえ。それが不思議なことに、店にいた人間のなかで奥さんだけは傷ひとつ負っていないんですよ。ただ、すっかりヒステリー状態になっていまして、機動隊とともに現場に到着した巡査たちの話によりますと、ウィスキーの瓶で巡査のひとりの頭を叩《たた》き割ろうとしたそうです。わたしたちは現場を鎮圧し、病院に行く必要のないやつらはしょっぴきました。いいにくいんですが、ミスター・マーン、奥さんの言葉づかいや暴れ方があまりに……」

デジオタ警部は肩をすくめた。

「このところ加減がよくなくて――」とおれがいいかけると、彼はさえぎった。

「それはよく承知しています。奥さんに注射した医師がそういっていました。というか、そう推察したってことです。ともかく、奥さんの身元がわかった時点ですぐあなたにご連絡した次第でして」

「なにか罪に問われることは？」

「いえ、それはないと思います。もちろん、奥さんといっしょにいたふたりは暴行罪で逮捕されるでしょう。しかし、奥さんのなんというか、いまの状態を考慮するなら、その、あなたが奥さんをしっかり治療のできるところへ連れていけるのであれば……」

医者と私立救急車サービスが到着したとき、アリーはぐっすり眠りこんでおり、家に着いてからも十時間は目を覚まさなかった。

医者はもう一回モルヒネを注射し、訪問看護師を雇うように勧めた。しかしおれは、今夜は自分がずっとそばについていると話し、あすの朝またきてくれるように頼んだ。おれは医者の手を借りてアリーをベッドに寝かせ、朝まで寝ずについていた。

朝の八時に医者が電話をかけてきて、急患があってけさは行けないと説明し、訪問看護師を雇うようにくりかえした。妻はまだ眠っていると伝えると、医者はもういつ目を覚ましてもおかしくないといい、数時間したらそっちに行くといった。

おれは、そのときまで看護師の件は保留にしてほしいと頼んだ。

アリーが目を覚ましたのは、おれがキッチンでコーヒーを淹《い》れているときだった。おれが部屋に戻ったときには、ベッドに横になったまま身じろぎもせず、ただ天井を見つめていた。それからおれに目を向け、突然、半笑いを浮かべた。

「わたし、どうやってここにきたの？　留置所に入れられてると思ったのに」

「いいかアリー、おれがどんなに――」

「説明はいいわ」とアリーはいった。「あなたがもらいうけにきてくれたのね？」

「いったいいぜんたい、どういうつもりだったんだ？　なぜ……？」

「この土地は嫌いだっていったでしょ。出ていきたかったの」

アリーから聞きだせたのは、それがすべてだった。

おれは諭し、文句をいい、頼みこんだ。しかしまったくどうにもならなかった。おれの言葉に貸す耳なんか持っちゃいなかった。もううんざり。こんなところにはいたくない。残ってる金をぜんぶもらって出ていく。いっしょにきたいならきてもいい。とにかくわたしは出ていく。

おれは取引の話をした。うまくすれば金が手に入ると説明した。しかしまるで無駄だった。

「まだ七千ドルか八千ドルは残ってるはずよ――二、三日前、あなたがそういったでしょ。わたしはそれをもらって出ていく。あなたは好きにして」

医者がやってきたのは、そんな押し問答の最中だった。医者が帰ってからも押し問答はそのままつづいた。

翌日の午後、おれはフォルクスワーゲンを売り、アリーといっしょに荷物をまとめた。翌月の家賃はすでに支払ってあったので、問題はなにもなかった。

エイケンはちっぽけな町だから、噂はあっというまに広まる。おれがカードルに言い訳の電話をかけると、やつはもうなにがあったかを知っていた。そこでおれは、妻を療養所に連れていかなければならないので二、三日留守にするが、またすぐに連絡すると伝えた。しばらくしたら手紙を書き、忙しくてビジネスのことを考えている暇がないと説明すればいい。ただし、妻が回復したらすぐに戻るから、おれの気に入りそうな物件がないか探しつづけてくれといっておく。

もしものときに備えて、新しく手に入れた身分と世間的地位は無傷でたもっておきたかった。

すくなくとも、町を出るにあたって借金はまったくなかった。おれは身元のしっかりした評判のいい男として町をあとにした——ただし、この町にきたときよりも、所持金は数千ドルほど減っていた。

翌朝、アリーとおれとプードルのジジは白いジャガーに乗ってふたたび旅に出た。おれたちはマイアミ・ビーチをめざして南へ向かった。たとえどんなに暑かろうが、アリーが行きたいのはそこだった。

5

ほんとうにそう信じられれば、どれだけ都合がよかっただろう。アリーと過ごしたこの数カ月間、自分は道徳観と感情が麻痺《まひ》していたのだと——その期間だけはいわば記憶喪失状態で、自分がなにをしているかも、なぜそんなことをしているかも、実際には理解していなかったのだと。

しかし、実際にはそうじゃない。

なにがあったかはすべて思い出せるし、自分がなにをしているかもはっきりわかっていた。自分がなぜこんなことをしているかさえ理解していた。

おれの行動と感情に異常があったとしたら、それは未来を見ていなかった点だけだ。あるのは現在だけだった。未来の可能性や過去の鮮明な記憶は、現在になんの影響もあたえなかった。おれがどんなふうに感じ、どう行動するかにも。

マータや子供たちのことをたまに考えることはあった。いっしょに生活していた頃の親密な会話を思い出しもした。ほんとうに深く愛し合っていた結婚当初の数年間のことも思い出した。もしくは、すくなくともおれ自身は愛に包まれていると信じていた数年間のことを。あの愛はおれを見捨てたのか？　それとも、おれがあの愛を見捨てたのか？　いったい誰にわかる？

おれにわかっていたのはただひとつ、自分が変わったということだけだった。

ほぼ三十八年のあいだ、おれはこの社会の価値観をうけいれ、世間のやつらとおなじ道徳観や慣例に従って生きてきた。この社会に生きているほかの男たちより、自分が弱くて甘いとは思わない。しかしおれはあらゆる点で失敗してしまった。夫としても父としても失格だった。自分の望んだ道で成功することにも、生まれ育った社会の一員になることにも失敗した。やることなすことすべて裏目に出た。おれが夢見たり望んだりしたことは、どれも無価値だったり、成就《じょうじゅ》できなかったりした。

そう考えると、あのまま何年もまったく変わることなく生活をつづけ、敗北に敗北を重ね、苦しみと不幸に満ちた場所からより悲惨な場所へとうつろっていたとしても、すこしもおかしくない。しかしこんなことになって、すべてが変わった。アリーとの出会いはおれの人生を急速かつ劇的に変え、これまでの価値観や感覚や感情はまったく存在しない世界へとおれを投げこんだ。

　アリーとおれのこれからの生活になにが待ち受けているとしても、もう後戻りはできない。帰ることもできない。たんにおれがそう思いこんでいるからじゃない。現実的な理由がある。帰ることなど許されないのは——自分が帰りたくないことをおれが心の底では知っているからだ。

　アリーへの自分のほんとうの気持ちを何度も何度も分析し、彼女の魔力がいったいなんなのかをはっきり理解しようと、何度もくりかえし考えた。強烈なまでの性的歓《よろこ》びをあたえてくれることはいうまでもない。しかしそれだけでは、おれの彼女に対する感情は説明しきれない。おれの人生がまったく変わってしまったこととアリーの存在は、なぜこんなにも強く結びついているのか？

　やたらと子供っぽくて洗練されていないところに惹《ひ》かれるのかもしれない。守ってやりたいと感じ、世話をしたくなるのかもしれない。マータとはまったくちがっている。マータはあれこれ指図したがるタイプで、なにかというとおれを子供あつかいする。自信に満ちていて、慢心している——尊大そのものといってもいい。反対にアリーは、おれを必要としている気がする。自分がなにかをあたえてやれるように感じるのだ。

実際、アリーとマータを較《くら》べると、マータのほうがずっとおれに近いという証拠がいくらでも見つかる。共通点もずっと多い。マータとのあいだには不和や喧嘩《けんか》もあったし、おたがいのことが神経にさわることも多く、激しく見解がちがうこともしばしばだった。しかし、おたがいをひとつに結びつけるものもたくさんあった。一方のアリーは、知性に限界がある。それはよくわかっている。人間関係についての考え方がまったく違っていることも承知している。あいつはおれのことをセックスの相手として求めているが、愛しているとはとても思えなかったし、愛せるとも思えなかった。しかし、だからといってどうなるものでもない。おれは彼女のことしか考えられず、ふたりの運命はひとつだと固く信じていた。

おれが未来を無視できたのは、自分には未来が具体的に思い描けないことを潜在的に知っていたからかもしれない。おれたちは未来を共有しなければならないことを、無意識のうちに知っていたのだ。

マータは彼女なりのやり方でおれに多くのものをあたえてくれた。あいつがおれを見捨てたのは、決して努力が足らなかったせいじゃない。しかし、マータはおれを傷つける無限の能力も持っていた。ほんのささいな言葉や行動で過敏な部分にやすりをかけ、むきだしの神経に塩をすりこむことができた。

アリーがおれにあたえてくれるものは、努力してあたえるものでも、気にかけているからくれるものでもない。つかみ取るためにそこにあるのだ。

マータとおれの物語は、古くて退屈な物語だ。これまでに何百万人もの男たちが生きてきた物語だ。アリーとおれの物語は、それとはまったくちがっている。


先週までの三カ月間、アリーとおれはマイアミ・ビーチで過ごした。あまりにあっというまに過ぎてしまったので、太陽を浴びて過ごした長い午後でしかなかったようにさえ思えた。

着いたのは六月に入ってすぐだった。すでにシーズンを過ぎていたため、たいして苦労することなく、ビーチから二ブロックほどのところに小さな簡易アパートメントを借りられた。家賃はびっくりするほど安かった。季節的にかなり暑かったが、エアコンがあって居心地がよかった。

ほとんどすぐに生活のパターンができあがった。正午前にはめったに起きず、朝食はベッドでとる。もし午後の天気がよければ——実際、たいていの日は例外なく天気がよかった——二時か三時ごろに車でビーチへ行き、数時間ほど過ごす。アリーはごくたまにサーフィンをするくらいで、サングラスをかけて横になって日光浴をするほうが好きだった。ポータブルのトランジスタラジオをいつも持ち歩き、音楽を聴くことですっかり満足し、めったにしゃべらない。おれのほうは泳いでいるか、本を読んでいるかだ。

アパートメントに戻ると、着替えてカクテルラウンジか酒場へ行き、おれは二、三杯飲む。アリーはまったく飲まない。コークを注文し、もしあればジュークボックスで曲をかける。専属のピアニストや芸人のいる店では、そこで流れている音楽を聴く。テレビでとくに見たい番組がアリーにある晩には、夕食をとってからアパートメントに帰る。そうでなければ映画を観《み》に行く。週に一度くらいは、ダンスができる店に行く。

夜中の十二時ごろに軽く夜食をとる。たいていは車でマイアミまで行くが、ときにはウェスト・パームビーチまで足を伸ばし、新しい店を開拓することもある。

たいてい二時までには家に帰り、ベッドに入る。アリーは明かりがついていても気にしないので、おれは彼女が眠ってしまってからもさらに何時間か読書をする。観てきた映画に関するどうでもいい感想や、それとおなじくらい重要ではない件について話をするくらいで、会話を交わすことはめったにない。

アリーがひどく変わっているのは、質問されるのが嫌いなことだった。しかも、おれの過去には微塵《みじん》も興味を持っていなかった。

マイアミ・ビーチにきて数週間たつ頃には、自分たちが身を隠していることもすっかり忘れかけていた。ぐうたらした生活を何日も何週間も何カ月もつづけていたせいで、自分たちは安全なのだと錯覚し、殺人容疑で手配されている身なのを意識することなどほぼないにひとしかった。

おれがそのことをはっきり思い出したのは、ある晩、ソファで新聞を読んでいたときだった。アリーはおれの隣にすわり、あくびをしているプードルのジジを撫《な》でていた。おれが読んでいたのは、所得税の脱税で起訴されたかなり有名な犯罪者の記事だった。男はブラックマーという名前で、過去三年に七十五万ドルを脱税したとのことだった。

おれはヒューッと口笛を吹き、無意識のうちに声を出していた。「七十五万ドルとはね。ケチな悪党じゃないってことだな」

アリーがその記事をおれの肩ごしに読んでいるのに気づいたのは、彼女がいきなりそれに答えたからだった。

「わたしはいつも、パティにおなじことをいってた。あいつはパティにはした金しか寄こさなかったけど、もっとたっぷり持ってるのはわかってた」

おれは新聞から目を上げなかった。

「パティって誰だ?」

「ほら、忘れたの。パティよ。スタンフォードの。パティ・ドノヴァン」

おれは思わずアリーに目を向けた。

「パティはこのブラックマーってやつの下で働いてたのか?」

「ええ」

おれはさらに質問をつづけようとしたが、アリーは立ちあがって伸びをし、ジジを床に落とした。

「疲れちゃった」と彼女はいった。「もう寝るわ。あなたもくる?」

それ以上の話は引きだせなかったが、それだけでもいくつかのことはわかった。ドノヴァンが働いていた賭博《とばく》シンジケートのボスがブラックマーだった。ドノヴァンが殺されたときに持っていた金は、このブラックマーのものだ。ブラックマーは警察よりも本気でおれとアリーを追っている。そこでおれは気づいた。自分が幻影でしかない幸福に生きていることに。おれたちは絶対に安全なわけじゃないし、逃げるのをやめられるわけじゃない。

アリーがうっかり口をすべらせ、ほんのわずかでも自分の過去に関係した話をしたことは、ほかにもう一度あるだけだ。あれは、まえにも何度か行ったことのあるキーズの賭博場へ行こうと誘った晩のことだった。アリーは首を振り、退屈そうな声でいった。

「いいえ、行きたい気分じゃないの。あそこは死んでる。本物の活気にあふれたヴェガスなんかとは、ぜんぜんちがってる。わたしはラスヴェェガスが好き。ここにいるのに飽きたら、あそこに行きましょ。うまくすれば……」

そこでアリーは言葉を切り、言い訳をして部屋を出ていった。戻ってくると、慎重に話題を変えた。その晩は結局キーズの賭博場に行き、アリーはクラップスのテーブルで百六十ドル勝ち、おれはブラックジャックで五十ドル負けた。

フロリダでの生活に終止符を打ったあの出来事を避けることは、たぶんできなかっただろう。おれたちの運が永遠につづくはずなどなかったのだ。

八月末のやたら暑い日で、アリーはずっと挙動がひどくおかしかった。リビングルームの床に敷いたラグの上で仰向《あおむ》けになり、何時間も天井を見つめていた。ビキニを着て、伸ばした脚を組み、両手を頭の後ろで枕《まくら》にしていた。

何度も話しかけてみたが、答えようとしなかった。なにかほしいものでもあるのか訊《き》いてみた。冷たい飲みものか、雑誌か、それともなにか食べたいのか？　アリーはそのたびに首を振り、ふくれっつらをした。

八時過ぎ、食事に出かけるがいっしょにくるかと訊いた。アリーはなにもいわずにバスルームに消えた。ふたたび姿を現わしたときも口をきかず、いちばんかわいいドレスを着ていた。どこかとくに行きたい店はあるかと訊いてみたが、肩をすくめただけだった。場所が変われば気分も変わるだろうと考え、いつも行く店は注意して避け、そのとき流行の最先端だった、ビーチでいちばん高級なホテルへ行った。

ロビーに足を踏み入れてメインダイニングルームへ向かう頃には、アリーは目に見えて元気になっていた。テーブルは四分の一ほどしか埋まっていなかった。おれたちはヘッドウェイターがテーブルを案内にくるのを待った。ドアとは正反対の位置にあるステージでは、五人編成の小さなバンドがルンバを演奏していた。おれはヘッドウェイターに一ドル札を何枚かそっと握らせ、ステージにできるだけ近いテーブルを頼んだ。

ディナーをオーダーするまえにワインを飲もうといって、アリーはおれを驚かせた。おれはシェリーを注文した。テーブルからはバンドが完璧《かんぺき》に見渡せた。おれの音楽の好みからするとやや騒々しすぎたが、アリーは喜んでいるようだった。

曲がまたべつのルンバに変わった。ゆっくりシェリーを飲みながらウェイターが注文をとりにくるのを待っていると、バンドの演奏が終わった。メニューにじっくり目を通し、どの料理がいいかアリーにアドバイスしかけたちょうどそのとき、誰かがこちらに近づいてきてテーブルのわきに立つのが目の隅に映った。アリーがはっと息を飲むのを聞いて、おれはすばやく目を上げた。

背の高いほっそりした男だった。三十代のなかばで、ゆったりしたイブニングを着ていた。頬はこけ、あごが突きだし、黒いまつげが濃いせいで目が翳《かげ》って見える。広い口は両端が上に向かってねじれている。目を上げて男を見た瞬間、おれはその顔に見覚えがあるのに気づいた。

ステージで演奏していた五人編成バンドのなかにいたのだ。男はピアノを演奏していた。

「やあ、アリー」と男はいった。

おれは男の顔からアリーにさっと目を向けた。顔が死んだように白い。一瞬、人違いのふりをするかと思ったが、逃げきれないと観念したらしかった。

「フレディ」とアリーはいった。「フレディじゃない――ずいぶんしばらくぶりね」

「ほんとにひさしぶりだ」男の目にはまったく表情が浮かんでいなかった。「すごくひさしぶりだな、アリー」

おれは立ちあがりかけた。

「まあ落ちつけって」男はすばやくいい、おれの肩を手で押さえた。「ちょっと話をするだけだ。すぐステージに戻らなきゃならないからな。ゆっくりディナーを楽しみな」

アリーはなにかいおうと口を開いたが、男はくるっと背を向けてテーブルから歩み去った。アリーがようやく口を開いたのは、おれが料理を注文し、バンドがふたたび演奏をはじめてからだった。

「フレッド・ペンションよ。以前はニューヨークのバンドで演奏してたの。ドノヴァンの友だち」顔には血の色が戻っており、声は落ちついていたが、いまだに緊張しているのが感じられた。

「店を出たほうがいい」

「いいえ——だめ。彼はなにもしないわ。伝言カードを書いて、時間ができたら会いましょうって伝えとくから。フレディのことなら自分でどうにかできる。昔は友だちだったの」

「なにもいわずにこのまま姿を消したほうが安全だし……」

「いいえ。まずはディナーを最後まで終える。そしたらあなただけ帰る。彼のことはわたしにまかせて。この町から安全に逃げられるように、しばらく時間稼ぎをするから」

「あいつがなにをするっていうんだ? 警察に通報するとでも?」

アリーは首を振った。「警察じゃない」

「なら……」

「わたしのいうとおりにして。彼のことなら知ってる。ちゃんと対処できる。でも、あなたは帰らなきゃだめ。アパートメントに戻って荷物をまとめるの。そして待つ。心配はいらない。すぐに出発できる準備をして待ってて。わたしもすぐに行く」

「だが……」

アリーはふたたび首を振った。「ちゃんと対処できるっていったでしょ。わたしのいうとおりにして。わたしと話をするまで、彼はなにもしないはず。まかせてちょうだい」

バンドがふたたび休憩に入ったとき、おれたちはちょうどデザートを食べはじめたところだった。アリーは身をのりだして口早にささやいた。「また休憩が何分かあるわ。トイレに行くか、電話をかけてくるかなんかして。そうすれば、彼が立ち寄るチャンスができるから」

おれはすばやく椅子《いす》を後ろに押し、料理を飲みこみながらテーブルにナプキンをおいた。ロビーに通じているドアのほうへ歩いていき、ドアを抜けたところで振り返った。ピアニストがおれたちのテーブルのわきに立ち、アリーのほうに身をかがめているのが見えた。

ダイニングルームから音楽がふたたび聞こえてくるまで待ち、テーブルに戻った。アリーはすぐに口を開いた。「十時にダンスバンドがくるから、仕事はそこで終わりだって。ロビーで会うことにしたわ」

おれは腕時計に目をやった。九時三十分だった。

「あの男はなんていったんだ？　おまえはほんとに……？」

「わたしからお金を巻きあげようってことみたい。でも、わたしと話をするまではなにもしないはず」

「おれも残ったほうがいいんじゃないか？　もしかしたら……」

「いいえ。あなたはいわれたとおりにして。勘定をすませてアパートメントに帰るの。荷物をまとめておいてくれれば、わたしもすぐに行く。とにかく心配しないで待ってて。きっちり対処できるから。ゆすりが目的なら逃げる時間を稼ぐわ」

おれは気にくわなかったが、できることはなにもなかった。そこでウェイターを呼んで勘定書きをもらい、支払いをすませて店を出た。アリーにいわれたとおり、すぐにアパートメントに帰った。

どうもエアコンの調子が悪いらしく、アパートメントは耐えられないくらい暑かった。窓をいくつか開け、上半身裸になって荷造りをはじめた。十一時半にはすっかり仕事を終えていたが、汗びっしょりになっていた。ズボンと靴を脱いでバスルームに行き、急いでシャワーを浴びてから、スラックスと薄いスポーツシャツを着た。風はそよとも吹かず、額の汗が顔をしたたり落ちていた。小さめの音量でラジオを流し、腰をおろして待った。おれが選んだのは中米のラジオ局で、ルンバを放送していた。

立ちあがってスイッチを切った。しばらく雑誌を読んでみたが集中できず、しまいには放りだしてしまった。おれはただひたすら待った——不安に駆られながら。想像力は怖《おそ》ろしい凶器にもなりうる。アリーはいまどこでなにをしているのか？彼のことなら対処できるといったが、いったいどうやって？　対処とはどういう意味だ？　おれはアリーのことをよく知っている。頭に思い浮かぶ可能性は、楽しいものではなかった。

目的はゆすりだろうとアリーはいっていた。いったいそれにどう対処する？　あの男はなにが望みなのか？　どんな形で払わせるつもりなのか？

十二時になる頃には、部屋のなかをイライラと歩きまわっていた。アリーのいいなりになってアパートメントに戻った自分を罵《ののし》った。いっしょにいて、ふたりであの男に対面すべきだったのだ。すくなくともそばにいて、危険がおよばないように見ているべきだった。

フレッド・ペンションが演奏しているホテルに電話して住所を訊きだそうかとも思った。実際、電話帳でホテルの番号まで調べたが、気が変わった。アリーに時間をやろう。自分で対処できるといったのだから、なにをするかはまかせるべきだ。

一時になったときには、すこし頭がおかしくなりはじめていたと思う。あの男が警察に通報してアリーを逮捕させたのでは？　さもなければ、アリーとふたりでどこかへ行き、たったいまも……？

その先は考えたくなかった。

嫉妬《しっと》は奇妙で気まぐれだ。たったいままで、おれはアリーに嫉妬など感じたことがなかった。そりゃもちろん、あいつに男がいたことはわかっていた。おそらく何十人といたはずだ。しかし、それは過去のことだと割りきっていた。

しかし、こんどは事情がちがう。たったいま起こっていることだ。

おれは二時まで待つことにした。それまで待っても連絡がなければ行動に出る。なにをすればいいかはわからなかった。もちろん、警察に電話で問い合わせることはできない。しかし、最初のアイディアどおり、ペンションという男がどこに住んでいるかつきとめることはできる。

おれは電話帳をすばやくめくっていったが、フレッド・ペンションの名前はひとつもなかった。もう一度時計に目をやった。二時五分前だった。

ホテルに電話をかけようと受話器に手を伸ばしたとき、いきなりベルが鳴った。

アリーからだった。あいつがかけてくることを予期していなければ、声を聞きわけられたとは思えない。ひどく小さな声だった。話をさえぎってどこでなにをしているのか訊こうとしたが、アリーはおれを黙らせた。

「なにもいわないで。話を聞いて、いうとおりにして。間違いなくわたしがいうとおりにするの。すべてはそこにかかってる。タクシーを拾って、これからいう住所にきて。住所はメモしちゃだめ――いまこの場で覚えてちょうだい。それから、車は使わないで。タクシーを拾うの」

それから、アリーは住所を告げた。マイアミ北西郊のハイアリアを過ぎたあたりだった。目的の家に表札は出ていないといって、アリーは行くまでの手順を説明した。まず、二ブロックほど手前でタクシーを降りる。場所は交差点のガソリンスタンド。そこから先はむずかしくない。

「見逃すはずはないわ。通りに建ってるのはその家だけだから。小さなバンガローで、通りからは百メートルくらい離れてる。たった一軒ぽつんと。着いたらなかに入って。ドアはあいてる。わたしはそこで待ってる」

おれはまた質問をぶつけた。いったいなにが起きたのか？　身に危険はないのか？　さらに……。

しかしアリーはおれをさえぎった。

「もう、お願いだから急いで」

つづいて、受話器を置く音がおれの言葉をさえぎった。

タクシー会社に電話して一台まわしてくれるように頼むと、部屋の明かりも消さずにアパートメントの玄関前へ急いだ。ドレッサーの前で立ちどまり、財布の隣につっこんであった札束をひとつかみ握りとった。ドアがロックされているかはしっかりチェックした。アリーの帰りを床の上で待っているスーツケースには、二千ドルを超える金がつまっているのだ。

電話で呼んだタクシーはおそらく十分もかからずにきたはずだが、おれにはそれが一時間にも感じられた。

マイアミ市内を突っきって幹線道路に出て、ハイアリアにたどりつくまでの旅は、永遠につづくかのように思えた。ガソリンスタンドがあるという通りを見つけるのに、タクシーの運転手はだいぶ手間どり、結局は町を流していたパトロールカーに道を訊いた。

「なんか寂しいとこだね」ようやくのことで目的の通りを見つけた運転手は、ハンドルを切って西へと向かいながら、もぐもぐとつぶやいた。

たしかにそのとおりだった。あたりはすっかりさびれていて、家はぽつりぽつりとしか建っておらず、外灯もなかった。

ガソリンスタンドはアリーがいったとおりの場所にあった。運転手はタクシーを停めると、懐中電灯で照らしながら釣りを渡して寄こした。運転手がひどく疑り深くなっているのが見てとれた。友だちが待っているんだとかなんとか適当に言葉を濁し、チップを十ドル差しだした。

「とんでもなくさびれたとこだし、友人はちょっと遅れてるみたいなんで、その懐中電灯をゆずってもらえないか？」

運転手は一瞬考えてから、懐中電灯を差しだした。「十ドルなら文句はないよ。新品が七十五セントで買えるからな」

タクシーが走り去ってから、西へ向かって歩きはじめた。最初の角を曲がり、二ブロック進んだが、通りすぎた家はたった一軒だけだった。やがて通りからだいぶ離れたところに、もう一軒の家の黒いシルエットが見えてきた。明かりはついていない。ドライブウェイにも、家の敷地の前にも、車は一台も駐《と》まっていない。道を間違えたのかもしれない、とおれは思った。

もう一ブロック先まで進んでから、暗い家の前に戻った。それから一ブロックほど反対方向に引き返してみたが、なにも見つからなかった。

真っ暗な家に戻った。

アリーが待っているといった家はここにちがいない。

おれは正面玄関へとつづいている小道を歩いていった。なにかおかしい。どうも変だ。

小さな屋外ポーチがあり、そこに昇る二段のステップでつまずいた。

懐中電灯をとりだし、手のひらで光を弱めながら、呼び鈴を探した。呼び鈴の下に表札があった。

ここで間違いない。表札にフレッド・ペンションとある。

おれはしばしためらい、どうすべきか考えた。それから思い出した。アリーの説明どおりだとすれば、ドアの鍵《かぎ》はあいているはずだ。

ノブに手を伸ばしてひねり、つぎの瞬間には家のなかにいた。そっとドアを閉め、その場で耳をすました。

なんの音もしない。

いちかばちか、もう一度懐中電灯をつけてみた。

オレが立っているのは長方形のリビングルームで、窓は厚いカーテンで隙間《すきま》なく覆《おお》われていた。

明かりのスイッチを入れ、すぐに懐中電灯を切った。

部屋には人が生活している気配がまるでなかった。長いこと誰も入ったことがないように見える。おれはしばらくその場に立ちつくし、なにか起こるか待った。それから、奥のドアに向かった。

隣の部屋は小さなキッチンだった。

シンクは汚れた皿でいっぱいで、コンロの上にはコーヒーポットがあった。どうやら長いこと使われていないようだ。

しかし、サイドテーブルに載っている中身のだいぶ減ったスコッチのボトルは、最近誰かがさわった形跡があった。隣のアイスバケットには、溶けかけた氷が半分ほど入っている。アイスバケットの隣には空になったクラブソーダのボトルと、ハイボールグラスがふたつ並んでいた。

ここにも人の気配はまったくなかった。

リビングルームに戻り、もうひとつドアがあるのに気がついた。こっちのドアは廊下に通じていた。廊下のつきあたりにはバスルームがあり、リビングルームとバスルームのあいだにもうひとつドアがあった。

懐中電灯をつけ、そのドアを開けた。しかし、懐中電灯は必要なかった。大きなダブルベッドを照らす小さな常夜灯がつきっぱなしになっていたからだ。厚いカーテンが窓を覆っているので、外からは光が見えなかったのだ。

ベッドは使ってあった。

それどころか、まだ使われている。

上掛けの上では、真っ裸で横たわったフレッド・ペンションが天井を見上げていた。ゆっくりと部屋に入っていったおれには、なんの注意も向けていない。彼はなにもいわなかった。

いえなかったのだ。その喉《のど》は耳から耳まで切り裂かれていた。

なぜあの家のなかを調べてまわったりしたのか、自分でもわからない。心の底では、アリーはもういないことを知っていた。なのにおれは、バンガローを徹底的に見てまわった。クロゼットを調べ、家具の裏をのぞき、母屋《おもや》とつながっている一台用のガレージに行ってみた。ガレージにはフォードのセダンが置いてあり、キーはイグニションに差したままだった。しかし、アリーの姿はなかった。

そのあとでなぜわざわざベッドルームに戻ったのかは、自分でもさらにわからない。たぶん、アリーがいた形跡をすべて消そうと考えたんだろう。あいつがここにいたことには、疑いの余地がなかった。

ほんの一週間前におれが買ってやったレースのブラジャーが、殺されたピアニストが敷いている枕の下につっこんであった。男の胸には薄いオレンジの口紅の跡が残り、真っ白になった唇にもおなじ色がにじんでいた。証拠はほかにもあった。

フレッド・ペンションは望みのものをゆすりとり、そのつけをたっぷり支払ったのだ。

アリーが使ったナイフは死体のすぐわきにいまも転がっていた。おれはそれを拾いあげ、シーツの端を使って汚れをぬぐった。キッチンに戻り、中身の減ったスコッチの横に置いてあるグラスを拭《ふ》いた。それから、ふたたびベッドルームに戻った。

ペンションの服は椅子の背にきれいにかけてあった。まったく急いでいなかったらしい。

とくに当てがあったわけではないが、服のポケットをすべてあらためてみた。ごく普通の身分証明書と数枚の紙幣が入った財布、鍵束、汚れたハンカチ、一ドル銀貨が一枚。マイアミ銀行の小切手帳と、しわくちゃになった紙。紙を広げてみると、金額欄が空白のままの小切手で、裏にメモがしてあった。

どうやら電報を打ったらしく、メモは文面の下書きだった。字は下手くそだったが、なんとか判読することはできた。

「アート・ブラックマー――アディソン・ホテル――パームビーチ――アリスンは今夜おれの家にくる――ボーイフレンドがいっしょのはずだ――すぐにきてくれ。いつまであの女を引き止めておけるかわからない」

サインはなかった。さすがに自分の名前くらいはメモしなくても思い出せたのだろう。

教えられるまでもなく、事情はすべてわかった。アリーによると、フレッド・ペンションはドノヴァンの友人だった。ドノヴァンはブラックマーの下で働いていた。おれとディナーをとっているところをペンションに見つかり、アリーが真っ青になったのも無理はない。

そうとも、なにがあったかは説明されるまでもなかった。きのうの晩、ペンションは電話を探して電報を打ったのだ。

たったいまこの瞬間にも、サングラスをかけた図体のでかい男が、ハイアリアの郊外にあるこのうらさびれたバンガローに向かっているはずだった。

アリーがなぜここでおれを待っていなかったのか、理由が突然わかった。あいつもペンションの服のポケットを探り、この下書きを見たのだ。そして、サングラスをかけた図体のでかい男がこっちに向かっていると気づき……

ドア口から鋭い声が響き、おれの思考を断ち切った。おれはしわくちゃの紙を手にしたままその場に凍りついた。

「動くな」

おれは動かなかった。

こんどは足音が聞こえた。誰かが部屋を横切ってこちらにくる。首筋に相手の息を感じた。ふたつの手が体を上から下までさっとなで、ポケットをたたき、左脇《わき》に拳銃《けんじゅう》のホルスターがないか確認した。足音が遠ざかっていき、ふたたび声がした。

「こっちを向け」

相手は三人だった。ひとりは背の低い二十代の男。縮れ毛で、大きな茶色い目をしており、そばかすがある。とくに特徴のない中年の男は、フェルト帽で半分顔を隠している。見えているのはつぶれてねじれた鼻と、鋤《すき》のように突きでたあごだけだ。

まんなかに立っている男だけは拳銃を構えておらず、完璧にリラックスしているように見えた。サングラスをかけているので目の色はわからない。笑みを浮かべたときに見えた歯は真っ白すぎて、とても本物とは思えなかった。あごを覆っている無精ひげは黒いが、まんなかでわけた髪は墓石のように白い。服は高級で、しみひとつなく、かなり派手。葉巻をくゆらしており、しゃべるときも口から離さなかった。男は悲しげに頭をかすかに振った。

「フレディは残念なことをした。くるのがちょっと遅かったらしいな。しかし、いまは友人たちに囲まれてるはずだ。で、おまえは誰だ?」

「おれ――おれは近所に住んでるんだ。隣から物音が聞こえてきたんで……」

「殴れ」

頭を下げてかわす暇もなかった。縮れ毛のそばかす男が稲妻のように動き、左手に持っていたリボルバーの銃身を横ざまに振っておれの額に叩《たた》きつけた。おれはうしろによろめいたが、なんとか倒れずにふんばった。

「もう一度訊く。おまえは誰だ？」

「おれはフレディの友人で……」

また指示を出す必要はなかった。そばかすはもう一度拳銃を振った。今回は両目のすぐ上の皮膚が裂けた。おれは一、二分ほど意識を失った。

「いいだろう」サングラスの大男がいった。「動顛《どうてん》して自分が誰かも思い出せないんだろうよ。ならべつのことを訊こう。アリーはどこだ？　アリーのことは知ってるはずだ。フレディの友だちでアリーを知らないやつはいない。このアート・ブラックマーにアリーの居場所を教えてくれ。場合によっちゃ、また話を聞きにくることになるが」

おれは頭を振った。ここは冷静になって考えなければまずい。

しかし、ブラックマーと手下は考える余裕をあたえなかった。ほんの一瞬も。

「よし、いいだろう」とブラックマーがいった。「おい、アル、こいつをバスルームに連れていけ。おまえとレッドでちょっと運動をさせてやるんだ。頭がはっきりするようにな。正気に戻ったら、ここに戻って質問に答えてもらう。おれはしばらくあたりを調べてくる」

アルとレッドは両側からおれの腕をつかみ、部屋の外へ押しだした。廊下の奥まで行ってバスルームに入ると、ドアを閉め、どちらかがシャワーの栓をひねった。

部屋はひどく狭かったが、ふたりは気にしなかった。ぜんぜん気にしなかった。

6

人間の体は激しい拷問《ごうもん》の連続に耐えることができる。とくにその拷問が、その道のプロによって——衰弱しすぎたり死んだりしないように——コントロールされている場合には。なぜおれが知ってるか？　自分で経験したからだ。

なにがあったかを詳しく説明しても不快なだけだろう。思い出すだけでもぞっとする。アルとレッドはその道にかけちゃプロ中のプロだったといっておくだけでじゅうぶんだ。

二十五分後、ふたりはおれをバスルームから連れだした。おれは運んでもらうしかなかった。たとえ歩きたいと思ったとしても、歩けなかっただろう。

ウィスキーをグラスに半分、無理やり喉《のど》に流しこまれ、濡《ぬ》れたタオルで顔を何度かひっぱたかれ、意識を取り戻した。ブラックマーが話しかけてきたときには理解することができた。

「おまえのために手間をはぶいてやろうじゃないか。これからおれが知っていることを話す。そうすりゃおまえにも、おれがほんとうのことをいってるのがわかるはずだ。それからおまえにひとつ質問する。おれは嘘偽《うそ》りのない答えが知りたい。まずおれは、おまえが誰だか知っている。名前はコンラッド・マッデン。アリーがおれの部下のドノヴァンを刺して一万六千ドルを持ち逃げしたとき、おまえはあいつといっしょにいた。以来、ずっと離れたことがない。おれはおまえに個人的な恨みがあるわけじゃない。好きだとはいいがたいがな。しかし興味はない。ドノヴァンをやったのがアリーだってことはわかってる。フレディをこんな姿にしたのもあいつだ。だからおまえをどうこうするつもりはない」

ブラックマーはそこでいったん言葉を切ってからつづけた。「濡れたタオルがもうすこし必要らしいぞ。こいつは意識を失いかけてる」

やつらは濡れたタオルをまた使った。

「ちゃんと聞こえてるか？　いいだろう。ってことで、おれがいちばん興味があるのはおまえじゃない。あの小娘だ。おれはあの小娘がほしい。さっさとあいつの居場所を話してもらおうじゃないか。これが最後のチャンスだ。いまここで話すか、死ぬまで殴られるか。一分だけ時間をやる。息が整ったら答えるんだ」

おれは考えた。バスルームで拷問をうけているときも、ブラックマーがしゃべっているあいだも、ずっと考えていた。すでに腹は決まっていた。

こいつらにはなにひとつ話さない。

やつらはおれを、死ぬまで叩《たた》きのめすこともできる。しかし、口を割らせることはできない。わかるだろう？　おれには知ってることがいくつかある。これ以上の苦痛に耐えるつもりはない。そんなことには耐えられない。軽く手で触れられただけでまた気絶してしまうだろう。苦痛の限界に達した人間は、苦痛を感じなくなってしまう。あとは意識を失うだけだ。

もちろん、時間さえあれば、やつらは最終的にほしい情報を手に入れるだろう。それはおれにもわかっていた。ロシアの連中はそれを証明したし、日本や北朝鮮のやつらも証明した。しかし、いつまでと期限を区切り、それまでの短期間だけは口を割るまいと決心した人間が相手の場合は、自白剤でも使わないかぎり、しゃべらせることはできない。そして、おれは話すつもりがなかった。話さなければ自分がどうなるかはよくわかっていた。

やつらに見つかったらアリーはおしまいだ。それは同時に、おれの終わりでもある。

やつらがおれを叩きのめすだけで解放するはずがないことは、よくわかっていた。やつらが知らないことをおれはもうひとつ知っていた。アリーを失うくらいなら、おれは自分がどうなろうとかまわない。

歯が折れているせいでしゃべるのがむずかしかったが、なんとか言葉を吐きだした。

「くたばりやがれ」

そいつは向こうの聞きたがっている言葉ではなかった。

今回はバスルームに連れていかれなかった。やつらはすぐその場で仕事をはじめた。おれが正しかったことがひとつある。ほんとうの苦痛は終わっていた。いまや拷問は、おれをまた気絶させるために意識をたもっておく、という段階に入っていた。たぶん、ずいぶん長いことつづいたにちがいない。

ある意味で、状況は最悪というわけじゃなかった。すくなくともあの時点では、やつらがアリーを見つけだすには、おれに口を割らせる以外に手はなかった。もちろんやつらはおれの服を調べたが、財布もなければ身分証もなかった。アリーからの電話をうけたおれは、すべての所持品をアパートメントに残し、紙幣をひとつかみだけ持ってタクシーに急いだのだ。おれからなにか情報を引きだしたければ、口を割らせるしかない。

いかにもひねくれてはいたが、そう思うと力が湧《わ》き、精神的にやつらの優位に立つことができた。

おれが唐突に計画を変更したのは、意識がすこしはっきりしたときだった。そのときには、多少なりとも意識があった。なぜでたらめな住所を教えてやらない？　もちろん、うまくはいかないだろう。しかし、いまうけているこの責め苦から一時的にでも逃れることはできる。

だからおれはやってみた。言葉を絞りだすように、アリーとおれはハランデールのバンガローに住んでいると教えたのだ。つづけて通りの名前と番地も。

数秒ほど気絶していたらしかった。つぎに意識を取り戻したとき、やつらは三人でなにやら相談していた。

「ひとりがここに残って、あとのふたりが調べに行けばいいんじゃないですか」と声がした。

「時間がかかりすぎる。はっきりさせるべきだ。たぶん、ありゃほんとのことをいってるよ。おれたちが戻ってくることは、あいつにもわかってんだから」

「もう一度目を覚まさせろ」これはブラックマーの声だった。

やつらはおれの目を覚まさせた。

「いいか」とブラックマーがいった。「もうこれ以上はいわん。おれたちは、おまえになんぞ興味はない。おまえからなにかを手に入れようとは思っちゃいない。これさえもだ」

ブラックマーは紙幣をひとつかみし、おれに投げつけた。「おれたちは嘘偽りのない住所が知りたいだけだ。おまえはそれで自分の命を買える。いいか、これが最後だぞ……」

おれはハランデールの住所をもう一度もごもごとつぶやいた。

ふたたび声がするのに気づいたのは、一時間ほどあとだったと思う。ブラックマーの声だったと思うが、確信はない。

「嘘かほんとか、ふたつにひとつだ。もし嘘をついてるんなら、まず間違いなく、こいつはこのあともぜったいに口を割らん。やるべきことはただひとつ、あの女が不安に駆られてとんずらするまえに、嘘かほんとか確認することだ。レッド、こいつを見張ってろ。おれたちはこの住所に行ってみる」

それとほぼ同時に、なにかがおれの側頭部に打ちつけられた。なんだかはわからなかったが、それはおれが組み立てたセオリーを打ち砕いた。おれには苦痛を感じる余地がまだ残っていた。いきなり頭蓋骨《ずがいこつ》が爆発したような衝撃をあたえるものがあるとすれば、それは苦痛と呼んでさしつかえないはずだ。

五時四十分にグランドセントラル駅を出てスタンフォードへ向かう列車の食堂車で、おれはマティーニのダブルを注文しようと、さっきからバーテンダーに合図を送っていた。大勢のやつらがぐいぐい押してくる。誰もがマティーニのダブルを注文したがっている。やつらはおれの足を踏みつけ、脇腹《わきばら》に肘鉄《ひじてつ》を食らわせてきた。

すり減った車輪がレールを走る音がずっと響いていて気になって仕方がない。手紙を書くしかない。バーテンダーのクソ野郎はおれのグラスを見ようとしないので、あきらめて窓の外に目を向けた。そのとたん、おれたちの乗った列車の線路と並行して走る線路が目に入った。おれはとっさに口を開いて大声で警告しようとした。並行して走っている線路をこちらに向かってくる列車が瞬間移動し、おれの乗った列車にまっすぐ突っこんでくる。おれはまた悲鳴をあげた。機関士に警告したかった。なにが起こっているか教えたかった。なのに誰も聞いていない。さっと振り返り、列車の最後尾に向かって走った。しかし、例のマティーニ野郎どもが道をふさいでいる。おれはハイボールグラスとショットグラスとワイングラスの世界で凍りついた。こっちに向かって突っこんでくる列車はまだありありと見えている。

最後にもう一度だけ力を振り絞った。今回は叫んでも声が出てこなかった。もうこれでおしまいだ。大声で叫ぶことができない。だから誰にもおれの声が聞こえない。

衝撃は信じがたいほどで、すべてが砕け散り、轢《ひ》きつぶされ、つぎに気づいたとき、おれは線路のわきに横たわって死んでいた。マータは絶対に信じてくれないはずだ。ぜんぶおれの作り話だと思うだろう。帰宅すべきときに帰宅しないときの言い訳のひとつだと。

おれは目を開いた。すぐわきにマータがいて、あなたはわざと死のうとしているのだと穏やかに責めていた。しばらくしたら、おれが衝突事故を引き起こしたといって責めるだろう。おれはちゃんと説明しようとまた目を開いた。ただしそこにマータはいなかった。砕け散った列車の残骸《ざんがい》もすべて消え、あるのはベッドのわきに垂れたシーツだけだった。

しかし衝突事故があったことに間違いはない。その証拠に、血まみれになった裸の死体がベッドから落ちかかっている。

その死体を見たくなかった。なぜってそいつがおれの古い友人らしかったからだ。

おれはふたたび目を閉じた。

だが、痛みが眠らせてくれなかった。

もし逃げだすことができれば、この苦痛をここに置き去りにできるだろう。そこでおれは這《は》いはじめた。

ようやくのことでほんとうに意識を取り戻したのは、部屋の反対側とおぼしき壁にたどりついたときだった。

バスルームにたどりつくまでに、たっぷり一時間はかかったはずだ。なんとかシンクの前に立ち、よろめきつつもふんばった。腫《は》れあがって開かなくなっていないほうの目で鏡に映った自分を見た。

生きていることはわかったが、なぜ生きているかはまるで理解できなかった。あいつらがおれを生かしておくはずがない。そもそも、あれだけの拷問をうけて生きているはずがない。なのにおれは生きている。なによりもこの激しい痛みが、その事実を裏づけている。

左手は指の骨が三本折れていた。手首はどうやら砕けているらしい。使うことも動かすこともできない。右の肋骨《ろっこつ》がすくなくとも一本折れている。そのほかの肋骨も、右も左もすべて折れているように感じられる。膝《ひざ》から頭のてっぺんまで、どこもかしこも痣《あざ》だらけだ。股間《こかん》の痛みは、これまでのような力をベッドで発揮できるか不安にさせるものがあったが、そのときのおれにはどうでもよかった。

片目はふさがり、額には並行に二本の切り傷が走っていた。左耳は激しく裂けている。前歯が何本か折れ、唇はざっくり切れていたが、あごは動かすことができた。腎臓《じんぞう》に刺すような痛みが走った。しかし、おれは生きていたし、めまいがしたときに備えてなにかにつかまれば歩くこともできた。

もう二度とベッドルームには戻りたくなかったが、無理やり戻った。さっき床に落ちているのを目にした金、あれがほしかった。

ベッド脇のナイトテーブルの上に時計があった。針は九時三十分を指していた。厚いカーテンから太陽の光がかすかに漏れているところを見ると、どうやら朝らしい。

床の紙幣を拾い、振り返って出ていこうとしかけたところで、服が血まみれになっているのに気がついた。ベッドで死んでいる男からなにかをちょうだいするのはいやだったが、しかたなくクロゼットをのぞき、スラックスとシャツとスポーツジャケットを見つけた。靴は小さすぎたので、血がついてはいたが自分の靴をそのまま履くしかなかった。家にあるものを根こそぎ持っていくつもりはなかったので、下着やソックスには手をつけなかった。

オーバーヘッド式のガレージドアには難渋したが、ようやくのことでなんとか押しあげ、フォードのフロントシートに這いこんだ。ダッシュボードの上にサングラスがあったのでかけた。おかげでものがよく見えなくなったが、ボコボコにされた顔をできるだけ隠したかった。たとえ帽子があったとしても、かぶる必要はなかった。頭も顔も、バスルームで見つけた包帯でほとんどぐるぐる巻きだったからだ。

ガレージから車を出したときのおれは、遺跡から発掘されたばかりのミイラのようだったにちがいない。

最初の数ブロックはなんの問題もなかった。しかし、しばらくするとまためまいが襲ってきた。これではマイアミまで行くのは無理だ。すこし眠って休息をとる場所が必要だった。

どこに行けばいいかあてはなかったが、通りの角にガラス張りの電話ボックスがあるのが目に入った。車を停めてマータに電話を……。

いや、おれが電話をすべき相手はマータじゃない。アリーだ。アリーの電話番号は？　思い出せなかった。自分の電話番号でもあるのに思い出せない。非登録の番号だからしっかり暗記したはずなのだが、それがさっぱり頭に浮かんでこなかった。

おれはふたたび車を出した。人影のない通りを一キロほど進むと、左折を指示する看板が見えてきた。

〈貸家〉

おれはハンドルを切った。

ふさがっていないほうの目にまた血が流れこんできたが、家はすぐにわかった。どうやらまだ新築のようだ。いつかこのあたりを宅地開発しようということらしい。ドライブウェイに乗り入れると、ガレージのドアが開いたままだったので、そこに車を入れた。車を降り、なんとかガレージのドアを閉めた。それから、フォードのバックシートにもぐりこんだ。そのまま気を失ったのか、眠りに落ちたのか、自分でもわからない。つぎに目を覚ましたとき、外はすっかり暗くなっていた。

激しい二日酔いのときの唯一《ゆいいつ》にして最高の治療法をおれは知っている。十時間か十二時間、ただひたすらぐっすり眠りつづけることだ。骨折や切り傷や挫傷《ざしょう》や痣やその他もろもろの肉体的な怪我《けが》にも、どうやらこれが最高の治療法らしい。

ようやくのことで目を覚ましたときのおれは、一人前の人間からはほど遠かった。しかし、すくなくとも頭だけははっきりしていた。自分がうけた拷問を考えればまさにこうなるだろうという状態で、全身の骨が痛んだが、すくなくとも動けたし、動こうという意思が自分にあることも感じられた。

ガレージから車を出したときには自分がどこにいるかさえわかっていなかったが、とにかくマイアミはこっちだろうと思う方角をめざした。夜空に反射している街明かりを見れば、おおよその方向はつかむことができた。

街のはずれで電話ボックスを見つけた。たった一枚だけ持っていた二十五セント硬貨をスロットに入れ、前回は思い出せなかった番号をダイヤルした。呼び出し音がいつまでも鳴りつづけるばかりで誰も出なかった。

フレッド・ペンションの車にいつまでも乗っていると危険なのはわかっていた。しかし、車を手放すのが怖かった。おれはマイアミをめざした。

アイディアがひらめいたのは、病院のわきを通りすぎたときだった。半ブロック先で車を停め、フォードを降りた。

歩くのがきつく、えらく時間がかかった。しかし、ようやくのことで病院まで引き返した。敷地内には長い円形のドライブウェイがあった。おれはそこを半分ほど進んだところで足をとめた。

三分もしないうちに、タクシーが病院のエントランスからこっちに近づいてきた。

おれが力なく手を振ると、タクシーが停まった。

運転手はおれが乗るのに手を貸してくれた。「こりゃひどい。こんな状態なのに追いだすなんて、よっぽどベッドの数が足りないらしいな」

おれはマイアミ・ビーチのアパートメントの住所を告げた。

コーズウェイを渡ったのは覚えているが、そのあとは気を失ってしまったらしい。つぎに気づいたときには、タクシーの運転手がドアをあけてこちらに身を乗りだしていた。その肩の向こうには、ミセス・テイラーの顔が見えている。運転手がなにやらしゃべっていた。

「この人がここの住所を告げたんですよ、奥さん」

「あらまあ、ミスター・マーンじゃないの。大変、なにか事故にあったのね。もしかして……」

「妻を呼んでください」と、おれはいった。

「奥さんはいらっしゃいませんよ。わたしにできることがあれば……」

「手を貸していただけませんか？」おれはぎこちない手つきでポケットを探り、紙幣をひとつかみひっぱりだした。

運転手とミセス・テイラーはおれをふたりがかりでアパートメントに運びあげてくれた。

「病院に連れていったほうがいいわ」とミセス・テイラーがいった。

「この人はそこで拾ったんですよ——病院でね」

ミセス・テイラーは「あらまあ」と顔をしかめ、運転手はおれを好奇の目で見てから帰っていった。

「奥さんが戻ってくるまで、わたしにできることはなにか……？」

「かかりつけの医者がいらっしゃるなら、電話してきてくれるようにお願いできますか？　それと、水を一杯お願いします」

ミセス・テイラーに聞きとれるように言葉を押しだすだけで激痛が走った。

金縁の眼鏡をかけた小男がベッドのわきに立っていた。部屋にいるのはおれたちふたりだけだった。男の顔にはぼんやりと記憶があった。これまでにも二度、ここに立っていたことがある。男は眼鏡をはずし、鼻のわきをもみながらいった。

「ほんとうなら、すぐにでも入院させていたところです。しかし、あなたは頑強に拒否なさった。奥さんにすべてをまかせたいところだが、肝心のその奥さんがいらっしゃらない。家主のミセス・テイラーは責任をとりたがらない。いまだからいいますが、もしナイフの傷や銃創があったら、警察に通報していたでしょう。ほんとうならどんな事情だろうと通報するところですが、ミセス・テイラーが保証してくださるので」

「わたしはどのくらいここに？」

「二日半以上です。強い鎮静剤を打ったので、ほとんど意識はありませんでしたがね。

あなたはずいぶんいろいろしゃべったが、ほとんど意味が通らなかった」

「ずっとひとりで？」

「ミセス・テイラーが看護師と交代で付き添っていました。看護師はいま隣の部屋にいます。もう何日かはいてもらったほうがいいでしょう。すくなくとも、奥さんが帰ってくるまでは」

「で、どのくらい悪いんですか……？」

「さっきもいったとおり、わたしはあなたになにがあったのか知らない。推察することはできますがね。まあ、いずれにしても、あなたは幸運だった。一生障害が残っていた可能性だってあったんですよ。もちろん、歯科医にかかる必要はある。それと、専門医に目を検査してもらったほうがいい。手は時間がたてば治るでしょう。肋骨もね。わたしがしっかりテーピングしましたから。とにかく休息をとることです。それもたっぷり。それから、できるだけ早く奥さんに連絡すること。ほんとうなら奥さんはいまここにいるべきなんだ。ミセス・テイラーの話では……」

「起きてはいけないんですか？」

「常識的に考えればだめですね。あなたはひどい目にあった。できるかぎりの手当てはしましたが、あとは自然の力にまかせるしかない。わたしはこれで帰ります。あとはミス・スミスが——さっきいった看護師が——引き継ぎます」

支払いはどうすればいいか訊《き》くと、あとで請求書を送るといわれた。医師は部屋を出ていくまえにミス・スミスを呼び入れ、紹介してくれた。おれはこの一日か二日のあいだに彼女を見たことをぼんやりと思い出した。

医師が帰ってしまうと、おれはミス・スミスにもうだいじょうぶだからといい、日当を一日分余計に払って帰ってもらった。それからミセス・テイラーを呼び、注意深く言葉を選んでいくつか質問をした。

おれとアリーがいっしょにアパートメントを出た夜を最後に、ミセス・テイラーは彼女の姿を見ていなかった。ただ、何時頃かははっきり覚えていないが、つぎの日に一度帰宅したようだという。部屋を誰かが歩きまわっている音を聞いたらしい。それ以上のことはなにも知らないといって、ミセス・テイラーは部屋を出ていった。アリーがおれを捨て、荷物をまとめて出ていったと思っているらしく、彼女はひどく同情的だった。

立ちあがるとすぐに、おれは部屋を丹念に調べてまわった。アリーのバッグ類が消えていた。ジジもいない。おれがしまっておいた金もなくなっていた。おれの個人的な所持品以外、なにも残っていない。しばらくしてから、ガレージに行ってみた。驚いたことにジャガーはそこにあった。もう一度アパートメントを調べた。なにかメッセージが残されているはずだ。しかし、なにもなかった。

ブラックマーがアリーをつかまえたという可能性は、考えるにも値しなかった。もしそうなら、プードルを連れていくとは思えないし、アリーの服を持っていくはずもない。とすれば、答えはひとつ。アリーは自分の意思でおれを捨てたのだ。パニックを起こしたのだろうか？　そうは思えない。アリーは絶対にパニックを起こしたりしない。

なぜあいつはおれに電話をして、フレッド・ペンションの家にこいと指示したのだろう？　なぜおれが着くまえに消えたのか？　どうやってあそこを出ていったのか？　ペンションの車はガレージに入ったままだった。しかしペンションとアリーは、ふたりであの車に乗ってあそこへ行ったはずなのだ。

アリーはなにを使ってこのアパートメントに戻ってきたのか？　そして、戻ってからまた出ていくまえに、なぜメッセージを残さなかったのか？

ブラックマーがおれを見つけて殺したと思ったのか？　それなら筋は通る。アリーがペンションの家にいなかったのに、おれはすぐにここへ戻らなかった。となれば、殺されたと思いこんでも不思議はない。

おれはそれを信じたかった。信じたくてたまらなかった。

アパートメントでまる一週間待ちつづけた。いまにも電話が鳴るのではないか、アリーの声が聞けるのではないか、と期待しながら。食事はデリバリーを頼み、いっさいアパートメントを離れなかった。

しかし、なにも起こらなかった。

おれが正常な人間だったら、この時点で彼女を憎んでいただろう。こっちは彼女を守るためなら命さえ捨てる覚悟でいたのに、あいつはちょっと危険が迫っただけでおれを見捨てた。

おれはアリーを憎まなかった。あいつの忠誠心に期待したことは一度もない。

その一週間、アリーからの連絡を無駄に待ちつづけながら、何紙もの新聞に目を通した。紙面はフレッド・ペンション殺しの件でもちきりだった。警察は匿名《とくめい》の通報をうけてハイアリア近くの家に行き、死体を発見した。捜査の結果、ペンションは女といっしょにホテルを出たことがわかった。ペンションは女を自分の家に連れていったが、そこへ嫉妬《しっと》に駆られた夫か愛人が現われ、凶行におよんだのではないか、と警察は見ていた。部屋には争った形跡があり、鑑識の結果、部屋中に飛び散っていた血液は血液型が二種類あることが判明した。警察を困惑させたのは、激しい争いがあったはずなのに、ペンションの死体には痣もなければ、切り裂かれた喉以外には傷ひとつ見当たらないことだった。

遅かれ早かれ、現場の家の近くまでおれを乗せたタクシーの運転手が出頭して証言するだろう。このままマイアミにいればいるほど危険が迫ってくる。さっさと逃げだすべきなのはわかっていた。アリーを探しだすべきだということも。

アパートメントに戻ってから八日目、おれはミセス・テイラーに妻から連絡があったと話し、州北部のほうまで会いに行くので二週間ほど留守にすると伝えた。一カ月分の家賃を前払いし、スーツケースひとつに荷物をまとめ、ほかのものはすべてアパートメントに残した。郵便物はあとで送ってもらうから、すべて保管しておいてくれと頼んだ。

スーツケースをジャガーに放りこんでビーチをあとにし、マイアミのすぐ北にあるモーテルにチェックインした。それから、鉄道の駅と航空路線を念入りに調べた。手持ちの現金は四百ドルを下まわっていた。

航空券取扱店のスタッフはみな、びっくりするくらい協力的だった。精神疾患で治療中の妻が失踪《しっそう》したのだと話すと、なんとか役に立とうと、さらに親身になってくれた。おれはこんな話をでっちあげた――かわいいブロンドの娘でプードルを連れており、たぶんラスヴェガスに住む兄の家に行くために航空券を買ったはずだ。

おれは三軒目の取扱店で大当たりを引き当てた。ウェスタン航空の係員が、小さなフレンチプードルを連れた若い娘が深夜の時間帯にやってきたのを覚えていたのだ。娘は西海岸行きの航空券を買った。係員が彼女を覚えていたのは、ウェスタン航空にはラスヴェガスを経由する便がないからだった。おかげで説明にだいぶ手間どった。まずは直行便でロサンゼルスまで飛んでいただけますか？　そうすれば、国際空港からバーバンクまでの移動手段はこちらで手配します。あとはバーバンクからネヴァダ市まで引き返していただくだけです。娘は二座席分の料金を払うから客室に犬を連れこませてほしいといったが、それは無理だと伝え、犬は専用の木箱に入れて手荷物室で輸送しなければならないと説明した。

おれはわざわざモーテルに戻ったりしなかった。バッグはすでにジャガーのトランクに入っていた。タラハシーを目指して北に車を走らせた。タラハシーから西行きの国道に乗るためだ。

マイアミを出てからきっかり三日と七時間後、ラスヴェガスに着いた。道中、四回モーテルの部屋をとり、熱い食事とシャワーと数時間の睡眠をとった。この短時間の休憩を抜かせば、給油、コーヒー、ハンバーガー、タバコの時間をのぞき、ただひたすら運転しつづけた。いまだに左手はいらつくくらい不自由だったし、夜中の運転はすごく目が疲れた。ようやく目的の街に入ったときには、すっかり疲れ果てていた。

街のはずれにバンガローコートがあり、空室ありのネオンが出ていた。おれは車を乗り入れて風呂《ふろ》つきの部屋を借りると、すぐさまベッドに倒れこみ、二十四時間、死んだように眠りつづけた。

アリーを探すといっても、彼女がラスヴェガスにきた保証などないことはよくわかっていた。たとえきたとしても、いまもまだいると考える根拠はなにもない。たとえまだいたとしても、どこかの誰かと人目につかないアパートメントかホテルのスイートに身を隠しているはずだから、相当運がよくなければ街で出くわすことはないだろう。

しかしおれは前向きだった。

ラスヴェガスは大きくふたつのエリアにわかれている。ひとつはダウンタウン地区で、いかがわしいケチな賭博場《とばくじょう》や安っぽいホテルが密集し、青白いやつれた顔に敗北を染《し》みつかせた名も知れぬやつらが、うちのめされ、絶望に打ちひしがれた目をしている。

もうひとつのエリアは歓楽街だ――けばけばしいネオンをギラつかせた豪華なホテルやカジノが建ち並び、金持ちや有名人が集っている。生まれながらにして生きていることの歓《よろこ》びと愉《たの》しみだけを享受《きょうじゅ》している幸運な連中だ。

アリーが見つかるとしたら、騒々しい音楽が鳴り響くダウンタウンのローラースケートリンクか、弦楽四重奏団が生演奏している歓楽街の高級カクテルラウンジにちがいない。あいつはどちらも大好きだ。勝っても再ゲームができるだけのピンボールを一回一セントでやるときでも、一枚十ドルのチップを使ってルーレットをするときでも、あいつはおなじスリルを味わう。

まずはダウンタウン地区からはじめた。映画館があるのはこちらの地区だからだ。あいつがどんなに映画が好きか、おれはよく知っていた。

ラスヴェガスの雑然としたダウンタウンのみじめったらしい界隈《かいわい》をあてもなく三日間さまよいつづけ、エリアを変えたくなった。とんでもない暑さだった。貧乏人たちが運まかせのゲームに興じる店の経営者は、客をエアコンでもてなそうなどと考えたりしない。

歓楽街ではじめに当たってみた四軒をチェックするのに、まるまる四日かかった。一軒につき一日だ。五日目、おれは〈エジプシャン〉に足を踏み入れた。最新の設備を備えた最高級のカジノで、ラスヴェガスのあらゆる施設のなかでどこよりも料金が高い。

ここではブロードウェイからそのまま持ってきたショウが二十四時間ぶっつづけで上演されている。最高級レストランが三つ、オイスターバーが六つ、それよりも小さなダイニングエリアがいくつか、オリンピックサイズのプールがふたつ、酒やギャンブルをやっているあいだも子供たちと離ればなれになるのに耐えられない人たち向けの託児所など、モダンなカジノにあるべきものはおよそなんでもそろっている。もちろん、普通のゲーム室もある。ルーレット、ブラックジャック、チャック・ア・ラック、スロットマシン、ポーカー、バカラ、ブリッジ、ダイス――すべてお好みのまま。〈エジプシャン〉にはなんでもある。

大聖堂と、売春宿と、アヘン吸引者の夢見る天国――店内はそのすべての雰囲気を兼ね備えている。美しい女とハンサムな男しか入場を認めないという規則でもあるのか、さもなければ、この店の全体的なトーンのせいですべての客が美しくて無頓着《むとんじゃく》で金持ちに見えるかのようだ。

バーテンダーからディーラーまで、タバコ売りの娘から女性案内係まで、従業員はすべて映画のエキストラのようだった。店内には証券会社の支社があり、ダイスゲームで遊ぶ合間に本物のでかい賭《か》けをするギャンブラーたちのために、相場受信機で受信した株価が大型ボードにチョークで書きこまれる。

ロビーの装飾はじつにエレガントだったが、並んでいるのは派手なスロットマシンだった。おれは一ドル台の前で立ちどまり、コインを一枚スロットに投入した。一瞬、空襲でもはじまったか、でっかい火事でも起こったのかと思った。コインが落ちてくる音が響く代わりに、ライトが派手に点滅しはじめたのだ。ガラスパネルにはラクダが三匹並んでいた。絵柄がラクダなのは、店の名前にちなんだ趣向だろう。なにが起きたのかわからずにいると、燕尾服《えんびふく》を着た人当たりのよさそうな接客係がやってきて、ジャックポットを当てたのだと教えてくれた。おれが当てた六百ドルを、接客係は二十ドルのチップで払ってくれた。

こいつはとんでもなく幸先《さいさき》がいい。このカジノに入ったとき、所持金はすでに百五十ドルを下まわっていた。ロビーからフロアに入ったおれは、金に対する自分の考え方がいかに変わったかを思った。マータと生活していたときには、自由になる金が数千ドル以下になったことはなかったはずだ。家や家具や車などのローンもあったが、すべてを差し引きしたときの金が百五十ドルまで落ちたことは一度もない。まがりなりにも頭の上に屋根のある暮らしをしてきたし、すくなくとも毎日の安全は確保していた。警察に追われていたことなどもちろんなかった。それなのに、あの頃のおれは、つねに恐怖と欲求不満をかかえて生きていた。

百五十ドルしか持たずに〈エジプシャン〉に入ったいまのおれは、普通の人間なら狂ってしまうほどの問題をかかえている。なのに気分は上々だ。アリーはまだ見つかっていないが、心配はしていない。すべてうまくいくという確信がある。

筋はぜんぜん通っていなかった。しかしそれをいうなら、おれがこの五カ月半のあいだにやってきたことだって、筋などまったく通っていない。

自分のツキを過信して賭けつづけたりはせずに、大当たりとは無縁なダイニングルームに入った。たしか〈ブルーホライゾン・ルーム〉という名前だったはずだ。おそらく、賭けにすこし勝っている客向けの店なのだろう。うまい料理を静かにゆっくり楽しんでからまた勝負に挑んで、結局はカジノに金を巻きあげられるのだ。

オーケストラはなく、太ったハゲの男がフロアの片隅で小型のグランドピアノを静かに弾いているだけだった。曲は〈アズ・タイム・ゴーズ・バイ〉。いつ聴いてもいい曲だ。この曲を聴くと、マータとグリニッチヴィレッジの店に行った夜のことを思い出す。そのときピアノを弾いていた若い男は、映画『カサブランカ』のテーマ曲にも使われたこの曲を独自にアレンジしていた。おれはチップを五ドルやってその曲をもう何回か弾かせたが、マータはなぜおれがそんなことをするのかわかっていなかった。

店内にはほとんど客がおらず、おれはドアに近いテーブルにすわった。気分は上々だった。

ピアニストに目を向け、五ドルやってもう一回弾いてくれと頼もうかと考えた。

ピアノのすぐ右側に一組のカップルがすわっていた。おたがいに身を乗りだして話をしている。

若い女のほうはおれに背を向けていた。体にぴったりしたシルクのワンピースドレスは背中がぐっとえぐれている。髪は蜂蜜色《はちみついろ》で、ショートにしていた。

男は浅黒い細い顔の男で、長い髪をきれいにとかしつけていた。眼光鋭い黒い瞳《ひとみ》、細い鼻、女っぽいといっていいくらい繊細な唇。男は突然立ちあがり、首を振ってなにかいった。その表情からすると、どうやら相手を不快にするようなことをいったらしい。男はまた首を振り、テーブルをあとにしてドアに向かった。

おれのわきを通りすぎるときも、まっすぐに前を見据えていた。

若い女は男を目で追い、すこし振り返った。

おれはアリーを見つけた。

アリーはおれに気づかないまま、ピアニストに目を戻した。

おれはしばらく待ち、男が店を出ていくのを見届けてから、立ちあがってそのテーブルまで歩いていった。テーブルをぐるっとまわりこみ、浅黒い男がたったいままですわっていた椅子《いす》に腰をおろした。

アリーはおれを見上げた。

「あら」と彼女はいった。「コンじゃない」

「やあ、アリー」

ピアニストが〈アズ・タイム・ゴーズ・バイ〉をまた弾きはじめた。おれが五ドル払うまでもなく。

7

「あまり驚いていないようだな、アリー」

「会えて嬉《うれ》しいわ、コン」

実際、ほんとうに嬉しそうだった。アリーはテーブル越しに手を伸ばし、おれの手をとってぎゅっと握った。

「おれに話すことがあるんじゃないのか?」

「ここではだめ。ここでは話したくないの」

「なら、どこだったらいい?」

「ここは出ましょ。どこか泊まる場所はあるの?」

「あるさ」

おまえには泊まる場所があるのかと訊《き》きたかった。それはいったいどこなんだ?

誰の家なんだ？　しかし訊かなかった。アリーに自分から説明してほしかった。彼女に質問をしてもどうにもならないことはよくわかっていた。

「だったら、ちょっと待ってて。すぐに戻るから」

立ちあがりかけたアリーに、おれはいった。「なにをする？　いまいた彼氏に事情を説明するのか？」

「彼氏なんかじゃない。あれはわたしの兄さんよ。名前はジョエル。ここで働いてるの。あなたは待ってて。すぐ戻る」

そういってアリーは立ちあがった。おれも立ちあがって椅子《いす》を引いてやった。彼女は店を出ていった。おれは席にすわったまま、十分ほどのあいだ、あいつは戻ってくるだろうかと考えていた。ほかにすることはなかった。戻ってくるかこないか、ふたつにひとつだ。

店に戻ってきたときのアリーは、さっきの男を連れていた。男は笑みを浮かべて近づいてくると手を差しだし、アリーがおれたちふたりを引き合わせるより先にしゃべりはじめた。

「アリーから話はたっぷり聞いてる。お会いできて光栄だ。おれの名前はジョエル。ジョエル・リコ」

おれはなにもいわずにうなずいた。リコという名前にはちょっと虚を突かれた。しかし、心底びっくりしたわけではない。アリーの仲間内では、名前はたいした意味を持っていない。おれはふたりの顔に血のつながりを探したが、まったく見当たらなかった。共通点は、どちらも美形だという点だけだ。

ジョエルはアリーに「あとで電話をくれ」と声をかけると、つづいておれに向かって「また近いうちに」といった。

彼は店の外までおれたちを見送りにきた。

おれはアリーといっしょにジャガーに乗りこみ、街はずれに借りたアパートメントまで走らせた。部屋に着くまで、どちらも口を開かなかった。

なかに入ると、おれはドアをロックした。

「なにか飲みものをつくったら？　もしあれば、わたしにはコークをちょうだい」

おれは彼女のほうに向き直った。「アリー」と切りだすと、彼女は唇に指を当てて首を振った。

「飲みものが先よ、コン」

たしかに、おれには飲みものが必要だった。頭がすこしふらふらした。そこでキッチンへ行き、アイストレイを相手に格闘した。スコッチをグラスにダブルで注ぎ、すでに栓のあいている瓶からソーダを注ぎ入れた。それから、グラスをもうひとつとコークを用意した。その場でスコッチを飲みほし、ダブルでもう一杯つくり、アリーのいる部屋に戻った。

黒いワンピースのドレスと銀のパンプスが無造作に床に落ちていた。たぶん、あのドレスの下にはなにも着ていなかったのだろう。

アリーはすでにベッドに横たわり、シーツを顎《あご》まで引きあげていた。彼女はおれを見てほほえんだ。

「コークをちょうだい、コン」

おれはグラスを渡した。スコッチは飲まずにベッド脇《わき》のテーブルにおいた。窓際《まどぎわ》に行ってブラインドがきっちり閉まっているか確認した。そして、アリーがコークを飲みほすよりも早く自分の服を脱ぎ捨てた。

これまでとまったく変わらなかった。いや、それどころか、もっとよかったくらいだ。たった二週間しか離れていなかったのに、まるで何年もごぶさただったかのような反応だった。ベッドのアリーの横にもぐりこんで三分もしないうちに、彼女にはめられたことも、捨てられたことも、すっかりどうでもよくなっていた。リコがほんとうの兄貴かどうかも興味がなかった。おれにとって意味があるものはただひとつ。そしてそれはいま、おれの腕のなかにあった。

どんなに言葉をつくそうが、理由は説明はできない。

朝早い時間におれたちは話をした。というより、アリーが話したといったほうがいい。あいつがすこしでも中身のある話をしたのは、それがほとんどはじめてだった。こっちから質問する必要さえなかったくらいだ。

「……で、あなたに電話して、きてくれるように頼んだわけ。目的は金だってあの男がいったから。ふたりならどうにかできると思ったのよ。あなたにわたしが電話したことに、あいつは気づいていなかった。

でもそれから、あいつの望みはお金じゃないとわかったの。あなたはまだ着くはずがなかった。だからあたえてやったわ。それ以外、どうしようもなかったから。向こうはそれで満足すると思ったたし。だけどしばらくして、まだベッドにいるときに、なにかおかしいって気づいたの。あいつの口調か、仕草のなにかがきっかけだったと思う。フレッドはすごくひとりよがりで自信家だった。しばらくして、ブラックマーに連絡を入れたってぽろっと口にしたわ。パティの昔のボスにね。わたしが協力しなかったときにそなえて。だから、わたしはしなければならないことをした。キッチンへ行ってナイフを手に取ると……」

アリーは言葉を切った。おれはなにもいわなかった。ここで話の腰を折ったら、もうなにもいわないのがわかっていたからだ。

「まあ、とにかく、しなければならないことをやったあとで、あいつの服のポケットを探ってみた。すると、ブラックマー宛《あ》てのメッセージが出てきた。それで動顚《どうてん》しちゃったの。ブラックマーはてっきりニューヨークにいると思ってたのに、そうじゃなかった。パームビーチにいた。たぶんわたし、パニックを起こしたんだと思う。だって、あの男がいつやってきてもおかしくないわけだから。

で、服を着て家を出た。あのガソリンスタンドまで行って、あなたが着くのを待とうと思ったの。でも、すっかり怖くなってて、あいつの車を使うことさえ思いつかなかった。で、どういうわけか、道に迷っちゃったのよ。あなたも覚えてるでしょ？　あそこには外灯がぜんぜんないから。だいぶ長いこと歩きまわったんだけど、どうしてもガソリンスタンドは見つからなかった」

「わかるよ」とおれはいった。自分の声に苦々しさがかすかににじむのをどうにもできなかった。

おれのあいづちは無視して、アリーは話をつづけた。「たぶん、一時間以上さまよい歩いてたんだと思う。そこで、いつか本で読んだ方法を試してみたの。その場から円を描くように歩いていったのよ。そしたら最後にフレッドの家に戻った。家の前に車が停まってて、こっそり近づいてマッチを擦ったら、ニューヨークのナンバープレートだった。それから家に行ってみた。なかは見えなかったけど、声は聞こえた。あいつらはあなたを殺すつもりだった。そう話してるのが聞こえたの」

「実際、危うく殺されるところだった」

「わたしはきびすを返して逃げたわ。どこに向かってたかも、どれくらい走ったかもわからない。でも、しばらくしたら牛乳配達の車が通りかかって、タクシーを拾えるところまで乗せていってくれたの。で、アパートメントに戻ったのよ。あなたは死んだものとばかり思ってた。だからバッグをいくつかとジジだけを手にアパートを出て、ここにきた」

「なぜジャガーに乗っていかなかったんだ？」

アリーは身を乗りだしておれにキスした。「あれを空港におきっぱなしにしたくなかったの。万が一、あなたが戻ってきたときのために。だからタクシーを呼んだの」

「しかし、メモを残してくれてもよかったじゃないか――万が一、おれが戻ってきたときのために」

「メモを書くのさえ怖かった。あいつらが、あそこの住所をあなたから聞きだしてるかもしれなかったから」

アリーはまたおれにキスをした。おれはしばらくなにもいわなかった。ほかのことをするのに忙しかったからだ。

ことが終わったあとで、おれは質問した。「なぜアパートメントに一度も連絡を入れなかったんだ?」

「あなたは死んだと思ってたのよ、コン。たとえ死んでなかったとしても、絶対に長期入院だと思ってた。やつらがあなたになにをしてるかは聞いてたから。ことの次第はいま話したとおり、これですべて」

アリーの話は、信じることもできれば信じないこともできた。すべて彼女が説明したとおりだったのかもしれない。反対に、すべてがまるごとでたらめなのかもしれない。そう——信じることもできれば信じないこともできる。しかしおれが選んだのは、信じることでも信じないことでもなかった。おれはただそれをうけいれた。ほかにまったくどうしようもなかったのだ。

「で、いまはどこに泊まっているんだ?」

「あなたと泊まってるのよ、お馬鹿《ばか》さん。朝になったら荷物を持ってくる。わたしはあなたと泊まってるの」

もうそれ以上は、なんの説明も引き出せなかった。

それからの三日間、おれたちはほとんど部屋を出なかった。翌朝、アリーはジャガーに乗って二時間ほど姿を消した。戻ってきたときには、荷物とジジがいっしょだった。ジジはおれに会えて喜んでいるようだった。アリーはおれが見たことのない服をどっさり持っていた。

この三日間は、アリーと過ごしたこれまでの日々とまったくいっしょだった。彼女は幸福で、満ちたりていて、おれといっしょにいること以外なにもほしがらなかった。おれたちは時を忘れ、いまが夜か昼かもわからなくなった。自分たちの熱情に閉じこめられたおれたちだけを残し、世界は消え去った。

四日目にアリーは町でショッピングがしたいといいだした。ひとりで行きたいというので、言い争いはしなかった。

彼女は一時間もしないで帰ってきた。なにかあったのがすぐわかった。態度が落ちつかず、気が立っていた。

「ジョエルと話をしたの」と、アリーはいった。

「ジョエル？」

〈エジプシャン〉でアリーを見つけたときいっしょにいた色の浅黒いやせた若者のことを、おれはすっかり忘れていた。

「わたしの兄さんよ。あなたに会いたいっていうの」

おれは首を傾《かし》げてアリーを見た。「おれに?」

「ええ。なにか話したいことがあるみたい」

「なら、ここにきて話せばいいといってくれ」

「わたしたちが空港まで会いに行くことになってるの」

おれは肩をすくめた。質問はなにもしなかった。もしかしたら、旅に出るまえにさよならがいいたいのかもしれない。おれにはなんの興味もなかった。

一時間後、おれたちは車で空港に向かった。ジジは部屋においてきた。

ジョエルは自家用機専用の格納庫で待っていた。おれたちがジャガーを停めて降りても、にこりともしなかった。

「早くしてくれよ」といっておれたちに背を向けると、四座席型セスナ機のエンジンをかけ、滑走路で暖機運転をはじめた。全員が黙ったままセスナに乗りこんだ。ジョエルが操縦桿《そうじゅうかん》を握った。セスナが地上を離れると、うるさくて会話などできたものではなかった。

砂漠の上空を北西に向かった。二時間ほど飛んだところでジョエルはセスナを旋回させ、高度を下げていった。地上を見下ろしてもなにもなかった。荒れ果てた土地と、砂と、吹きさらしの無人地帯がどこまでもつづいているだけだ。やがて、ほとんど衝撃を感じないくらい軽く、車輪が地面に触れた。ジョエルはスロットルを開いて加速し、大きく半円を描きながら、十分か十五分ほど砂漠の地面を走った。

ジョエルにドアをあけてもらい、セスナから降りるまで、おれはランチハウスが建っているのに気づいていなかった。アドービ煉瓦《れんが》でできた低くて横長の建物で、無慈悲な太陽の日射《ひざ》しをさえぎる木立も低木の茂みもない。かつては道だったとおぼしきところに、二本のタイヤの跡がかすかに残ってはいるが、貯水塔もなければ、離れ屋もなかった。ただランチハウスが建っているだけだ。

あいかわらず黙ったまま、おれたちはジョエル・リコのあとについて正面のドアに向かった。ジョエルは鍵《かぎ》でドアをあけた。

なかに入ってすぐに、最近誰かが家具を運び入れ、部屋を修繕したらしいことに気がついた。家具がまだ半分ほどしか揃《そろ》っていない巨大なリビングルームには、大きな石造りの暖炉があった。窓はどれもひどく小さく、太陽の光が入ってこないようになっている。床にはインディアンラグがいくつも無造作に敷かれているが、壁はむきだしでなんの飾りもなかった。

「かけてくれ」とジョエルはいった。「スコッチ? それともバーボン?」

おれはスコッチを頼んだ。

ジョエルはどこか奥の部屋に姿を消した。しばらくして発電機の音が響いてきた。部屋に戻ってきたときのジョエルは、ストレートで酒を注いだグラスをふたつ手にしていた。牛乳のグラスはない。牛乳を切らしているのか、妹の好みを知らないのだろう。

おれはソファにすわっていたが、アリーは部屋の壁まで歩いていき、古いスペイン風キャビネットの扉をあけた。なかに凝ったハイファイ装置があるのを見て、アリーはつまみやボタンをあれこれひねくりまわしはじめた。

「このジュークボックス、いったいどうすれば音がするの?」

「おい、そいつにさわるな」ジョエルはいきなり声をとがらせ、グラスをテーブルにおいてすばやく部屋を横切ると、アリーの手を払ってキャビネットの扉を閉めた。

「ちょっと音楽を聴こうと思っただけなのに」

「この装置は音楽を聴くためのもんじゃない。短波無線機だ。こいつには何千ドルもつぎこんでるんだぞ。面白半分にさわらないでくれ」

「アマチュア無線に興味があるのか?」とおれは訊いた。「おれも以前やってたことがある」

「ほう?」ジョエルはおれのほうを向いた。その顔にはじめていきいきとした表情が浮かんだ。友好的といってもいい表情だった。「おれはこいつを自分でつくったんだ」ジョエルは自慢げにつけくわえた。「おれの数少ない趣味のひとつでね。見てみたいかい?」

ジョエルはキャビネットの扉をもう一度開いた。おれが近づいていくと、彼はキャスターのついたキャビネットをぐるっとこちらに向け、背板を後ろに折りたたみ、さまざまなコンポーネントがすべて見えるようにした。

「世界中のアマチュア無線家と交信してきた。香港、ロンドン、ベルリン、あらゆる国の人間とね」

ジョエルの話を聞きながら、無線機をじっくり眺めた。たしかにいいものだった。しかも自家発電機を使っているというのだから、電源ノイズに悩まされることもない。

ジョエルがキャビネットを元どおりに閉じるまえに、おれはコールサインに目をとめた。

〈WG1556〉。

それから、三人ともグラスのおかれたテーブルに戻った。ジョエルがおれにグラスをひとつ手渡し、自分のグラスをかかげた。

おれたちは飲んだ。

アリーとおれは長い革張りのソファに腰をおろし、ジョエルは椅子をひっぱってきて真向かいにすわった。

「ここが気に入ったかい？」とジョエルが訊いた。

「まあな」

「二年ほどまえに買ったんだ。おれがここを持ってることは誰も知らない。手入れも自分ひとりでやった。必要なものはぜんぶ飛行機で運んだんだ。暖炉用の石だけはトラックで運ぶしかなかったけどね。とにかくぜんぶ自分でやった。ちょいとした隠れ家ってわけさ」

「なるほど」

ジョエルはうなずき、自己満足めいた笑みを唇に浮かべた。「アリーの話だと、あんたたちふたりはすこしばかり金を手に入れたいらしいな」

いったいどういうことになっているのか、おれにはさっぱりわからなかった。話がどこに向かっているのかもぜんぜん見当がつかない。そこで、相手の話に合わせてただうなずきつづけた。

「おれはあんたを知らない。でも、アリーとうまくやってるんなら、おれに文句はない」

「ありがとう」

「おれの見るところ、あんたはアマチュアだな」

おれは肩をすくめた。「だろうな。それもほとんどのことに」

「アリーから聞いた話だと、覚えが早いらしい」

おれはまた肩をすくめた。いったい話がどこに行きつくのか、まだわからなかった。

「それで話なんだが、じつは計画があるんだ。あんたを使ってもいい。あんたとアリーをだ。噛《か》むのはおれたち三人だけ。この三人で二十五万ドルから三十万ドルの儲《もう》けだ。興味はあるかい？」

大いに興味があった。おれはそういった。アリーはなにもいわなかった。

「儲けは半分に割る。片方がおれ、もう片方があんたとアリーだ。計画を立てたのはおれだからな、おれが半分もらう」

「文句はいえないな」とおれはいった。話がまだ見えなかった。こいつは麻薬でもやってるんだろうかとさえ思った。アリーがよく観《み》に行くB級映画の登場人物みたいな口ぶりだ。

「おれがなんの仕事をしてるか、アリーから聞いたかい?」

「〈エジプシャン〉で働いているって話だったが」

ジョエルはうなずいた。「そう。秘密厳守が要求される仕事をしてる」

「秘密厳守?」

「ああ。すべてを詳しく説明するつもりはないが、重要な部分だけは話しておこう。〈エジプシャン〉の警備体制はラスヴェガスのほかのカジノとおなじだ。鉄筋コンクリート造りのオフィスに、ディーボルド社の金庫。金庫の横には自動拳銃《けんじゅう》を持った男が二十四時間控えてる。そいつがいなくても、押し入って金を盗みだすのは絶対に無理だ。最新式の警報器とか――その手のもんが完備されてる。つけいる隙《すき》はない――疑っても無駄だ――つけいる隙はない」

おれは疑わなかった。

「一日に四回、カジノの金は回収されて店の金庫に入れられる。金はそのままそこに保管され、毎月第三月曜日に回収される」

おれにもようやく話の趣旨が見えてきた。どこに行きつくのかはまだ見えないが、おれは馬鹿な観客と思われたくなかった。「嚙むのはおれたち三人だけだといったな?」

「話の腰を折らないでくれ。さっきもいったとおり、毎月第三月曜日に金は金庫から運びだされる。まず総額をきちんと確認し、金袋に詰める。それをカジノから搬出し、ダウンタウンの銀行まで輸送する。かならず第三月曜だが、時間は決まってない。おれの秘密厳守の仕事が絡《から》んでくるのがここだ。おれは現金輸送車の運転をしているんだ」

話がようやく見えてきた。「おまえさんは——たったひとりで——銀行まで現金を運ぶのか?」

「そう——おれひとりだ。ただし、完全にひとりきりってわけじゃない。まずカジノでは、ほかの警備員がふたり、おれがいつも使うセダンに金を積みこむ。そばにはほかにも警備員が何人もいる。おれは運転席にひとり乗りこみ、車を出す。しかしここでも、完全にひとりってわけじゃない。すぐ後ろにべつの車がついてくる。なかにはふたり乗ってる。ふたりともその道のプロで、どちらもサブマシンガンを携帯してる。ふたりは銀行までおれについてくる。おれが銀行で車を降りると、そこにはふたりの警備員が待ちかまえてる。金は銀行内に運びこまれる。その時点から金の安全は保証され、〈エジプシャン〉の経営陣は心配するのをやめる」

「その部分にも、つけいる隙はありそうにないな」とおれはいった。

「そのとおり。結局のところ、ラスヴェガスで商売をしてるような人間は、世間知らずの赤ん坊じゃないってことさ。どっさり経験を積んでる。なかには、塀のなかで経験を積んでるやつもいる。しかもやつらは、さらに手を打ってある。現金輸送車を襲撃しようと考えるようなギャングは、ラスヴェガスの土地には入れない。あんたは知らないだろうが、ヴェガスに入る人間は身元をチェックされてるんだ。もちろん、ときにはいかがわしいやつらもまぎれこんでくる。それも半端《はんぱ》な数じゃないだろう。しかしこれだけははっきりいえる。大物のギャングがこの街にこっそり入りこもうとしても、絶対に入れない。たとえひとりずつ入ってこようとしても無理だ。そして、大物のギャングでもないかぎりは、現金輸送車の襲撃など実行できっこない。

しかも、ラスヴェガスは砂漠のどまんなかに位置してる。街から出るには方法が三つしかない――車か、列車か、旅客機だ。輸送車襲撃を計画できるくらいの大物ギャングがラスヴェガスに入りこめたとしよう。しかし、たとえ金を奪って逃走できたとしても、やつらには逃げ場所がない。どこにもな」

「疑いの余地はなさそうだな」

「請け合うよ。さらに請け合えることがもうひとつ。おれたち三人、あんたとアリーとおれは、金を奪って逃げることができる」

いかにも自信ありげな口ぶりだったが、もうこのときには、こいつはヤクをきめてるか頭がおかしいんだろうと確信していた。ヤク中と頭のおかしなやつは、いつだって確信に満ちているのだ。

「どうやるのか、説明してくれるんだろうな」

ジョエルは立ちあがり、酒をもう一杯つくりにいった。今回はグラスに氷の薄片が入っていた。さぞかしいい発電機を持っているのだろう。

「きっちり説明がつくとして、この話をどう思う？」

「ふつうの人間なら、ヤバいと思うもんじゃないのか？」おれはできるだけクールな態度を崩すまいと、反対に訊き返した。これまでの話はすべて、どこか非現実的なところがあった。弱い酒と強い酒とどちらがいいか訊かれているようなものだ。まじめに答える必要はなかった。

ジョエルは肩をすくめた。「あんたは興味を持ってると仮定しとくよ。アリーに聞いた話からすると、あんたたちふたりは逃走中で、もし逃げきれなければ電気椅子行きはまぬがれない。金がなければ逃げきれないし、あんたはたっぷり金を持ってるわけじゃない」

こんどはおれもうなずいた。さっきよりずっと真剣になっていた。やつの指摘が図星だったからだ。

「いいだろう。計画はこうだ。あんたはおれに拳銃を突きつけて金を奪う。そのときおれが……」

こいつはただのバカじゃないのかもしれないと思いかけていたおれは、がっかりして首を振った。

「で、サブマシンガンで武装した例のふたりは、ただその場に立って見てるわけだな？」

「黙って説明を聞けといったはずだろ。とある理由があって、ふたりはその場に立ってもいなきゃ、眺めてもいない。おれたちが〈エジプシャン〉を出て六分後に、やつらの車でなにかが起こる。そのせいで、やつらはおれの車に随行できない。で、おれはひとりでそのまま車を走らせるってわけだ。やつらがついてこれなくなってから三分三十秒後、べつの車に乗ったあんたがおれを縁石に追いつめ、拳銃で脅し、金袋を強奪する――紙幣がどっさり詰まった金袋をね。こいつは白昼の襲撃だから、目撃者もいるだろう。いや、いてくれなきゃ困るんだ」

おれはまた首を振った。「あとはもう説明しなくていい。そこでやめてくれて結構だ。後ろの車が停まったら、おまえも車を停めることになってるはずだぞ。おれを騙《だま》せるとでも思ったのか？　おまえの上司だってマヌケじゃないだろう。エンジンの不調やパンクで車が停まったときには、おまえも車を停めて後続車の武装警備員を乗せる手はずになってるはずだ」

「おいおい、おれに説明させろってさっきからいってるだろ？　パンクやエンジン故障の話なんて、いったい誰がした？　やつらになにかあれば、もちろんおれは車を停めることになってる。おれはバックミラーで常時やつらの車を確認してなきゃならないし、車間距離はつねに車四台分以上あけちゃいけないことになってる。

　ただし、車を停めてやつらをこっちの車に乗せなくていいケースがひとつだけある。彼らがそこにいない場合だ」

「もうすこしわかるように説明してくれないか？」

「ああ、してやるとも。やつらは四方八方に吹っ飛ぶんだ。ボンネットの下でニトログリセリンが爆発すると、たいていはそうなる」

　そのときのおれは、すこし青ざめていたんじゃないかと思う。その瞬間まで、こいつは気が狂っているか、夢みたいな計画を立てているだけだと思っていた。もしかしたら単純な手口で強奪が可能なのかもしれないし、うまく逃げきれるのかもしれないという気にもなっていた。しかしニトロとなると——。

おれは立ちあがった。「おれは数に入れないでくれ。殺しはごめんだ」

ジョエルはしばらく妙な目でおれを見ていた。「あんたは殺人容疑で指名手配されてるんだろ?」

「そうだ。しかしそれでもごめんだね」

「わかったよ、落ちついてくれ。人を殺すなんておれはひとこともいっちゃいない。ボンネットの下でニトロが爆発するといっただけだ。爆発はそんなにでかくなくても、とにかく車が止まりさえすりゃいい。なにが起きたのかわからなかったし、その場で待って確認するのが怖かった、と言い訳できるくらい派手な音を立ててな。銀行に急ぐのがいちばん安全だと思ったと証言できれば、それでいいんだ」

「だったら……」

「いま説明してるじゃないか。おれが仕掛けた爆弾がエンジンを吹き飛ばし、原爆が落ちたんじゃないかと思うような派手な音を立てる。しかし警備員の乗ってる随行車は、おれが運転する輸送車とおなじ装甲自動車だ。ぱっと見には普通のセダンにしか見えないが、車体は装甲板でできてる。乗ってるふたりはさぞ肝を冷やすだろうが、せいぜい痣《あざ》がいくつかできるくらいで死にはしない」

おれはアリーに目をやった。彼女は肩をすくめた。

おれにはわかっていた。アリーにとっては死んでも死ななくてもたいした差はないのだ。

「信じられないんなら説明しとくけど」とジョエルはつづけた。「わずかだが、おれが逮捕される可能性だってあるんだ。強盗罪ですむところを、殺人罪で捕まる危険を冒すと思うかい？」

まあ、たしかにそれは一理ある。「残りを聞かせてもらおうか」

「よし。で、あんたはおれから金を強奪する。そうすれば、目撃者がおれの無実を証言してくれる。しかしあんたは安全だ。あんたは現金を奪う。そして、予定どおりのルートを使って予定の場所へ行く――人目につかない静かな場所で、一分間だけ完全なプライバシーが保証されてる。アリーがべつの車でそこに行く。あんたはアリーに金を渡したら、自分の車は捨て、そこからは徒歩で移動する。金は持たず、銃は処分する――そもそも弾は装塡《そうてん》されてないんだけどね。あんたはクリーンだ。ここまでのところはいいか？」

おれはうなずいた。

「アリーは車であんたの宿泊してる場所に戻る。ただし、いま宿泊してる場所じゃない。おれが今回のために見つけておいた、町の南のはずれにある小さな家だ。そこには専用のガレージがついてる。アリーは車をガレージに乗り入れる」

「現金を積んだまま？」

「そう、現金を積んだままだ。あんたは徒歩でその家に帰る。数日後、あんたたちはふたりで町を出る。アリーの話だとあんたは身分証明書を持ってるそうだから、それを使って、どこにでもいるすてきなカップルとして出ていくんだ。金もいっしょに持っていく」

「街から出ていく車はすべて検問をうけるはずだ。いったいぜんたい、どうやったらそれだけの紙幣をジャガーに……」

「おれの計画どおりにすれば隠せる。いまいった専用ガレージ付きの家で、あんたにはちょっとした仕事をしてもらう。汗をかくからシャツは脱いだほうがいい。まずは車をジャッキアップしてタイヤをはずす。タイヤはチューブレスだ。この四つのタイヤに紙幣を詰める。それからリムにはめ、ホイールに戻す。携帯用の空気ボンベを何本か使って空気を入れる。ボンベはおれのほうで用意する。その瞬間から、ジャガーのタイヤは特別なものになる。四本合わせて二十五万ドルの価値があるってわけだ」

おれはいま聞いた話をじっくり検討した。そのあいだにジョエルは隣の部屋に行き、飲みものをさらに二杯つくってきた。

「なにか穴はあるか？」とジョエルは訊いた。

「ひとつある。おれたちの車は検問で捜索される。絶対に間違いない」

「だろうな。しかしあんたはちゃんとした身分証明書を持ってるし、まともに見える。

やつらは車のなかをあらためるだろう。しかし、徹底的に探すわけじゃない。それに、そもそもやつらは、自分たちがどんな人間を探してるのかもわかっちゃいない。わかるだろ？　武装強奪があったあとで、おれは本署に連行され、厳しい尋問をうけるはずだ。ここで請け合っておくけど、おれが証言する強奪犯たちの人相は——犯人はすくなくともふたりいたってことにするつもりだ——あんたの顔とは似ても似つかない」

もしかしたらこの男、ほんとうにただのバカじゃないのかもしれない。

「おまえはどうなる？」とおれは訊いた。「警察は間違いなく疑いを……」

「そりゃもちろん疑うに決まってるさ。徹底的な尋問にさらされるだろうね。しかしやつらにはなにも証明できない。やつらだってそれはわかってる。遅かれ早かれ、捜査の手はゆるんでくる。もうだいじょうぶだと思えるくらいになったら、おれはセスナに乗ってここにくる。あんたとアリーが待ってる。つぎにめざすは——メキシコだ」

アリーがはじめて口を開いた。「ジョエルはなかなか頭がいいでしょ、コン?」

「ああ」おれはうなずいた。「たしかにずいぶん頭がいい。さあ、もう一度頭から計画を再検討しよう」

ジョエルは頭からもう一度、こんどは細かい点にいたるまで詳しく説明した。おれはすくなくとも五十回は説明を中断させて質問をしたが、彼は文句をいわなかった。反対に質問を歓迎した。自分でも計画に瑕《きず》がないか確認したかったのだ。

ジョエルはようやく最後まで説明を終え、おれも質問をすべて終えた。瑕はどこにも見当たらなかった。たったひとつ——。

おれ自身をのぞけば。

この数カ月間、おれはありとあらゆることをした。自分に許せるとは思えなかったことを大目に見、法という法をすべてやぶってきた。しかしどんなときも、おれは自分を傍観者、もしくは無賃乗客みたいなものだと思っていた。おれの犯した罪は、実際になにかをやったことにあるのではなく、なにもしなかったことにあった。

これまでおれは、いかなる意味においても自分を犯罪者だとは思っていなかった。凶悪犯罪に自ら進んで手を染めるなど、いまだに想像もできなかった。たしかにおれは自分でも驚くほど変わった。しかし、それだけは無理だ。

おれは立ちあがり、あくびをするふりをした。「すこし考えさせてくれ」

「考えることなんかなにもないだろ」

おれにはその言い方が気にくわなかった。「そうか？　手は貸さないといっておいたはずだぞ」

「ちょっと、コンったら」とアリーがいいかけたが、ジョエルがすばやく振り返ってさえぎった。「黙れ」

「アリーの意見も……」

「話すのはおれだ」とジョエルはいった。「こいつはあんたがどうしたいかって話じゃない。あんたは参加するんだ」

「おれが手を貸さないといったら？」

「あんたは手を貸す。アリーのためにやる気はないとしても、自分の身を守るためにはやるしかない。わかるだろ？　おれはあんたのすべてを知ってるんだ。友人関係も、なにもかもな。もし手を貸さないんなら、あんたは知りすぎたってことになる。そしておれは、あんたについて知りすぎてる。もし協力しないというんなら、警察に電話を入れることだって……」

「そしたら、アリーはどうなる?」

「アリーはおれが守るさ。しかしあんたとおれの仲だから、警察には通報しない。それでもまだごねるというんなら、あんたの旧友のアート・ブラックマーに連絡を入れてもいいんだぜ。そうとも、おれはやつのこともぜんぶ知ってる。こんどはもう、やつだって見逃さない。誰か手下をここに送りこんでくるか、もっと手っ取り早く、ロサンゼルスのギャングに電話するだろう。そしたらあんたは、この街を出るまえに死んでる。請け合うよ、おれにはわかってる。だから手を貸さないなんて考えは捨てろ。すこし考えてみるなんて手間もかけるんじゃない。あんたは手を貸す。あんたもアリーも、ふたりとも協力するんだ」

ジョエルはいきなり笑みを浮かべ、手を差しだした。「握手しようぜ。おれたちはパートナーだ」

おれたちは手を握った。


セスナがラスヴェガス空港に着陸したのは、日が暮れるちょっとまえだった。ジョエルはおれたちの車のところまでついてくると、ポケットから紙を一枚とりだし、そこに住所を書きこんだ。

「このバンガローを借りてくれ。家主はクリアリーって名前の男で、ギャンブル目当ての団体客に部屋を貸してるんだ。バンガローは家具付きで、家賃は週払い。いまは空いてるはずだから、ちょっといって契約してほしい。間違ってもおれの名前は出さないでくれよ」

すべてはもう決定事項だという態度で、おれは計画に手を貸すものと決めつけていた。実際、そのときのおれに、いやだとつっぱねるつもりはなかった。

「わかった」とおれは答えた。

「今夜はアリーと街にくりだして、ゆっくり楽しむんだな。〈エジプシャン〉に招待してやってもいいが、もうあそこには近づかないほうがいいだろう」

こんどはアリーが「わかった」といった。

「楽しんでこいよ」

ジョエルはくるっと回れ右をすると、セスナを点検するために格納庫へ戻っていった。

アリーとおれはジャガーに乗り、帰路についた。

「きみの兄さんだが、どうやらちょっとしたやつみたいだな」

アリーは答えなかった。

「あいつはおまえの兄さんなんだろう、アリー?」

アリーはこちらに顔を向けておれを見つめた。「そうだっていったでしょ。違う?」

「ああ、いったとも」口論するつもりはなかった。アリーを相手に口論などできやしない。

たぶん、あの男にしてみれば、ちょっと兄貴らしいことをしてやろうということなのだろう——妹とそのボーイフレンドに、二十五万ドルの一部を分けてやろうというのだから。

正気の沙汰《さた》じゃない。

最初からおれはずっと正しかった。こいつはイカレてる。なにがどうあろうと絶対に成功しっこない。自分の良心は無視しても、判断力には耳をかたむけるべきだったのだ。

8

ほんの三十秒ほどまえ、巡回中のパトロールカーがわきを通りすぎ、ふたりの警官がじろじろとおれを見た。すくなくとも感謝すべきことがひとつだけあった。おれが乗っているのは自分の車じゃない。レンタカーのフォードだ。レンタルしたのではなく、盗んだものだが、すくなくとも手続きはしてある。というか、してあることを祈るばかりだ。とにかく、現金強奪を終えるまでは盗難届が出されることはないはずだった。

警官たちはおれを見た。運転してるほうがスピードをすこしだけ落とした。背筋に震えが走った。しかし、ふたりはもうおれを見ていなかった。いまやつらが見ているのは、通りの反対側の玄関前の階段にすわり、まだ中身が半分残っている白ワインのボトルを大切にかかえているふたりの酔っぱらいだった。

一瞬、パトロールカーが停まるのではないかと思ったが、停まらなかった。

いまここで計画どおりなのは、あのふたりの酔っぱらいの存在だけだった。やつらがいるべくしていることを、おれは知っていた。あのふたりはジョエルが手配したのだ。

しかし、あのパトロールカーは？　絶え間なく行き交っている十人ほどの歩行者たちは？

ジョエルはおれに、あたりには誰もいないはずだと請け合った。ふたりの酔っぱらい以外には誰もいないはずだと。しかし、やつの目算は誤っていた。

腕時計に目をやった。まだ三分半あった。ジョエルがこの先の角を曲がり、おれがいま車を駐《と》めている通りに走りこんでくるまでに、随行車でニトロが爆発してからきっかり三分かかる。

しかし、やつの計算どおりには運びそうになかった。この通りは人通りが絶える気配がない。強奪犯の人相をジョエルが適当にでっちあげ、それをふたりのさくらが裏づけるという手はずになっているが、そう簡単にはいきそうにない。このぶんだと、目撃者が何人も出てくるはずだ。おれの顔をしっかり覚えているやつだっているだろうし、この車のナンバーを覚えているやつだってひとりくらいはいるかもしれない。捕まる可能性があるだけでなく、アリーとのランデブー地点まで行き着けるかどうかも疑わしい。

ジョエル・リコは頭が切れる。しかし、今回にかぎってはしくじったのだ。手を伸ばしてキーをひねった。エンジンがかかると、おれはぐっとハンドルを握り、アクセルをゆっくり踏みこんだ。

こんなこと狂ってる。このまま計画を進めようとしているおれも狂ってるんだろう。

車が動きはじめた。

そのとき、それはきた。

最初に届いたのが震動だったのか、それとも爆発音だったのか、いまとなってははっきりしない。しかしそんなことはどうでもよかった。おれは完全に虚を突かれた。

爆発は一キロ以上離れた場所で起こるはずだった。爆発音が聞こえるかもしれないなどとは、考えてもいなかった。

しかし、それはきた。それも原爆が爆発したかと思うような激烈さだった。あまりの衝撃に、おれが乗っていた車は横ざまにぐっと突き動かされた。そして、あの爆発音——あれを言葉で説明するのは不可能だ。

それがなんの音かわかるまでに、まるまる十秒はかかった。ふたりの警備員が乗った随行車のボンネットの下で、ニトロが爆発したのだ。

ジョエルのやつは、半ブロックほどの地区が吹き飛ばせるくらいのニトロを仕掛けたのにちがいない。

おれがブレーキを踏んで車を急停止させたのは、突然のショックのせいだと思う。いま起きたことの意味が、だんだんとはっきりわかってきた。この場にとどまったまま、爆発の被害を想像している場合ではなかった。ふたりの警備員は死んだはずだ。とてつもない爆風でほかに何人死んだかは、神のみぞ知るだった。罪のない歩行者、ほかの車に乗って通りかかった者、近くの家に住んでいる者。しかしそのとき、ニトロを爆発させる場所をジョエルと下見したときのことを思い出した。あのブロックは建物がまったく建っていない。それを思い出したせいで、すこしだけ心が安らいだ。

頭を振って理性を取り戻し、周囲を見まわした。通りには人っ子ひとりいなかった。いるのは玄関前の階段にすわったふたりの酔っぱらいとおれだけだ。反対側のビルから男がひとり出てきて、爆発音が聞こえたほうへと通りを走っていった。そこでおれは気づいた。ほかの連中もおなじほうへ行ってしまったのだ。

パトロールカーに乗った警官が通りかかって、これから起こるでっちあげの強奪事件を目撃することはない。偶然の目撃者もいない。さっきの爆発音を聞いた者はみな、大災害が発生したとおぼしき現場へ集まっているだろう。強奪現場でなにが起こるか、ジョエルの言葉に嘘《うそ》はなかった。やつが嘘をついたのは、随行車に乗ったふたりの武装警備員に関してだった。あれだけ激しい爆発では、ふたりが助かるはずはない。

いまやおれは強盗の協力者ではなく、二重殺人の事前共犯者になっていた。

一台の車が角を曲がってこちらに向かってきた。ひと目見た瞬間、ジョエルの車だとわかった。時間はあった。おれはただこの車のなかにとどまっていればいい――ジョエルと計画して何度もリハーサルした行動はとらず――ただじっとして、ジョエルをこのまま行かせるのだ。そうすれば、やつは銀行まで運転していくしかない。

爆発で死んだふたりの命を救うことはできない。しかし、これ以上計画を進めさせないことはできる。いまならおれは手を引ける。なにか能動的な行動をとる必要はない。ただなにもしないでいればいい。

人間の脳には、ほんの一瞬のあいだに何十ものランダムな思考が、すばやく、しかも明確に流れる。こいつは驚くほどだ。

おれがなにもしなければ計画は失敗に終わる。強奪事件は起こらない。しかし、強奪は阻止できたとしても、ジョエルがおれを――そしてアリーを――殺そうとするのは阻止できない。おれとアリーが生きてラスヴェガスを出ていける望みはほんのわずかにもない。

たとえジョエルの報復から逃れられたとしても、警察に逮捕されるにちがいない。どちらにしろ、出口なしだ。

もしじっくり考える時間があって、すべての可能性を吟味でき、計画を系統立てて見つめられれば……。

しかし、時間は尽きていた。

やつは五十メートルも離れていないところにいた。しかも、通りを猛スピードでこちらに向かってくる。

おれは弾《はじ》かれたようにハンドルをまわし、アクセルを踏みこんだ。熱い舗道の上でタイヤが悲鳴を上げた。つづいて急ブレーキを踏むと、背骨がシートに押しつけられた。

ジョエルも急ブレーキをかけたが、セダンはタイヤを激しく軋《きし》らせながらおれの車のサイドに激突し、不快で耳障《みみざわ》りな音を響かせた。

ガラスが砕け散った。おれは弾丸の入っていない銃を手に車から降り、ジョエルの車のサイドに手を伸ばした。

おれが銃身を頭に叩《たた》きつけるまえに、ジョエルはすばやくひとことだけいった。

「上から五つ目までのバッグだけだ」

おれは計画のシナリオを無視し、ジョエルの額に思いきり銃身を叩きつけた。ほんとうは額に軽く傷をつけるだけのはずだった。皮膚が切れて血が出るくらいで、深刻なダメージはあたえないように手加減することになっていた。しかし、おれの一撃で血しぶきが飛んだ。狙《ねら》った場所を直撃したうえに、銃身が当たった瞬間におれが手首をひねったからだ。深刻なダメージをあたえたかどうかは、そのときはわからなかったし、気にもかけていなかった。おれの頭にあったのはあの爆発音のことだけだった。

バッグはやつのいったとおりの場所にあった。おれはセダンのドアを開け、バッグに手を伸ばした。銀行が現金の輸送によく使う、革で補強されたキャンバス地の大袋だ。フォードの後部にそいつを一度にふたつずつ投げ入れ、最後のひとつはそのままかかえてフロントシートに戻った。

エンジンはかかったままだった。ギアをバックに入れてアクセルを踏んだが、タイヤがスリップする音が響くだけで車は動かなかった。ジョエルが追突したとき、どういうはずみか向こうのバンパーが引っかかってしまったのだろう。どうなっているのか確認している暇はない。いったん車を前進させてから、またバックに戻した。二回目ではずれた。

通りのどまんなかに銀髪の盲目の男が立っていた。曲がり角から数メートルほどのところだ。盲導犬を連れたその男はおれのほうに顔を向け、体を硬直させていた。急ハンドルを切って男をよけると、フォードは大きく傾いて二輪走行になった。

計画どおり、つぎの角を右に曲がった。そのつぎも右、その半ブロック先の路地を左。もうこの頃には、普通の速度で走っていた。

信号が赤になったので、車を停めた。

警官がブロックのなかほどを急ぎ足でこっちに向かってくる。おれは信号が変わるのを待った。動揺はまったくしていなかった。

七分後、スーパーマーケットの駐車場に乗り入れた。二百台以上駐められそうな広大な駐車場だったが、いまは十台ほどしか駐まっていなかった。

ジョエルがアリーのために用意したポンティアックはあるべき場所にあった。しかしその横には、マーキュリーのステーションワゴンが駐まっていた。ステーションワゴンは後部扉が開いており、その横には白いエプロンをつけたスーパーマーケットの若い店員が立っていた。若者は食料雑貨でいっぱいになったカートのハンドルに片手をおき、笑みを浮かべながら黒髪のかわいい娘と話をしている。ステーションワゴンの持ち主とおぼしき娘は、若者の手を握って煙草《たばこ》を吸っていた。

おれはポンティアックの反対側に車を停めた。なかには誰も乗っていない。予定どおりだ。アリーは店でさりげなくショッピングをしながらこちらをうかがい――おれが積み替え作業を終えるのを待っているはずだった。

五分が過ぎた。若い店員はかわいい黒髪の娘と話しつづけている。カートの中身をステーションワゴンに積みこむのを急ぐ気配はまったくない。

おれは心配になりはじめた。フォードに乗っている時間が長引けば長引くほど、おれの危険は増す。そのことはアリーにもわかっているはずだ。もう店に入ってアリーを連れてくるしかないと思い、フォードから降りかけたとき、若者がカートの中身をようやく積みこみはじめた。しかし、作業を終えるのにさらに五分もかかったうえに、それを終えると娘のためにドアを開けてやり、車体に寄りかかって彼女の煙草に火をつけた。金持ちの顧客に愛想よくしておくことも店員の仕事の一部ということらしい。

事情が許せば、おれはあいつを喜んで殺していただろう。

いったん邪魔者が消えてしまったあとは、キャンバス地の袋の中身をジッパー式のエアラインバッグふたつに詰め替え、ポンティアックの後部座席に運ぶのに、二分もかからなかった。フォードの運転席に戻ってエンジンをかけるときには、スーパーマーケットの店内に目を向けないように自分を戒めた。フォードを駐車場に残して立ち去ることもできたし、そうしたい衝動に駆られてもいた。しかし、そんなことをしたらリスクを増やすことになる。もし車が駐車場で見つかれば、誰かがポンティアックのことを思い出すかもしれない。

ほかならぬアリーがスーパーマーケットから出てきてこのポンティアックに乗り、十日前に借りた例の小さなバンガローまで現金を運ぶのだ。代わりにおれが危険を冒すべきだろうか？　しかしそうはしなかった！　おれはフォードのギアを入れ、車を出した。

駐車場を出るときにバックミラーをのぞくと、腕にいくつか包みをかかえたアリーがスーパーマーケットから出てくるところだった。ここからバンガローまでは二十分もかからない。あいつはポンティアックを車二台分のガレージに入れ、オーバーヘッド式のドアを閉める。ジャガーはそこで待っている。タイヤはすでにはずされ、車体はジャッキで持ちあげられている。

おれが事前に決めた場所に行ってフォードを捨てるのに十二分。歩いてバンガローに戻るのに四十分。その四十分のほうは心配していなかった。心配なのは十二分のほうだ。黒い瞳《ひとみ》のかわいい顧客と話すのが好きな若い店員のせいで、すでに予定に遅れている。このレンタカーのフォードは、もう盗難届が出されているはずだ。ナンバーは街じゅうの警官に無線連絡で知らされているだろう。この車を借りた男を守るためには、できるだけ強奪時刻に近い時間に通報する必要があった。

スーパーマーケットから二ブロック先の角で左に曲がって五十メートルも進まないうちにサイレンの音が聞こえてきた。ハンドルを握った両手が凍りつき、ほんの一瞬、アクセルを踏みこみたい衝動に駆られた。

おれはもう金を持っていないし、フォードが強奪事件に使われた車だと見抜かれるとも思えない。ジョエルが雇ったふたりの酔っぱらいも、ジョエル自身も、おれの顔を見ても知らないと証言するはずだ。

しかしフォードは盗難車だ。おれは連行されて尋問をうけ、指紋をとられる。指紋のデータは三十六時間もしないうちにコネティカット州スタンフォード警察にも送られ、犯人送還の手続きが行なわれるだろう。

ジョエルは頭が切れる。金はまだ安全だ。おれだってそれを望んだんじゃないのか？　おれの身になにかあったときのことを考えて、金はアリーにまかせたんだろう？

答えを考えている時間はなかった。

サイレンの音は後ろから近づいてくる。もの悲しい泣き声のような音がクレッシェンドで高まってきたかと思うと、いきなりおれを飲みこんだ。純粋な本能から、おれは歩道脇《わき》に車を停めた。

消防車がすぐ横を通りすぎ、遠く前方に消えてしまうまで、なにが起きたのかさえわからなかった。顔からは汗がしたたり落ち、シャツが体に貼《は》りついていた。手の震えがひどく、エンジンをとめるのにキーを二度ひねらなければならなかった。ドアのハンドルを手探りしながら周囲に目をやった。ポーチに立ったふたりの女が通りの反対側からこちらを見ていた。

ここでもジョエルは正しかった。姿を見られる心配のないところまで行って車を乗り捨てろ、とあいつはいった。そうすれば誰もこの車とおれを結びつけることはできない。危険はぐっと減る。そこでふたたびエンジンをかけ、もう一度ギアを入れた。

目的の場所は倉庫わきの空き地だった。あたりは閑散としていて、どちらを向いても数ブロック先まで建物はまったくない。人影はまったくなかった。ハンドルやシフトレバーなど、自分が手を触れたかもしれないところを時間をかけて拭《ふ》いてから、ようやくのことで車を降りた。腕時計に目をやった。スケジュールより十四分遅れていた。

しかし、いまとなっては問題じゃない。おれはやったのだ。もう安全だ。町はずれに向けて歩きはじめるまでは、自分たちがうまく逃げきれると本気で信じてはいなかったと思う。しかしほんとうにやりとげたのだ。おれは自分の役割を首尾よく果たした。とんでもなく爽快《そうかい》な気分だった。ひねくれた誇らしさ、とでもいったらいいか。自分たちのしたことを誇りに感じていたわけではない。自分がやりとげたという事実を誇りに思っていただけだ。おれはただひたすら小声でくりかえしつづけた。

「やったんだ、おれたちはほんとにやったんだ」

すぐ横に近づいてきた車がスピードを落として停まったときも、おれはまだつぶやきつづけていた。運転席の男が窓から首を突きだして話しかけてこなければ、まったく気づかずにいただろう。

「よう、あんた。乗ってくかい?」

二度声をかけられて、おれはようやく男に気がついた。断わりかけたが、すぐにそれはまずいと判断した。ここは申し出をうけるほうが自然だ。いまはなにより自然にふるまうことが重要だった。

「どこへ行くんだい？」おれが助手席に乗りこむと男は訊《き》き、ふたたび車を出した。

事前の計画では、二十ブロックほど歩いてから陸橋を渡ってバンガローをめざすことになっていた。しかしそれは誰にも目撃されなかった場合のことだ。この男はれっきとした目撃者だった。

「ダウンタウンならどこでもいいんだが」おれはさりげなくいった。

「オーケー」

煙草のパックを出して勧めると、男は一本抜いて礼をいった。その後は黙って運転に集中した。気のいいやつだった。黙っておとなしく話を聞いてくれる同乗者がほしいんじゃない。ほんとうに好意からハイカーを拾っているのだ。

おれは静かに煙草を吸い、考えにふけった。おれ自身の計画を。

アリーはすでにあのバンガローに戻っているだろう。おれが投げ入れたエアラインバッグは車のなかに置きっぱなしにしたまま、ガレージのドアをロックする。それから母屋《おもや》のなか――たぶんキッチン――に行き、サンドイッチをつくってグラスに牛乳を注ぐ。

ジョエルのほうは――当然、本署に連行される。間違いなくたっぷり絞りあげられるだろう。それはあいつ自身も覚悟している。ふたりの酔っぱらいも連行され、事情聴取をうける。彼らの証言はジョエルの話と合致するはずだ。

州警察に非常警報が出され、道路に非常線が張られる。陰気でいかつい私服の刑事が空港、鉄道の駅、バスターミナルなどで目を光らせる。警察のトップ連中は銀行や〈エジプシャン〉の重役と話し合いを持つだろう。刑事と制服警官が徒歩かパトロールカーで街をしらみつぶしにし、前科のあるやつらをしょっぴき、怪しいやつを見つけだす。捜査網が敷かれる。

そして街のどこか、もしくは死体安置所で……。

「ここいらでいいかな」隣から声がした。

「ありがとう、ここでいい」おれが顔を向けると、男は微笑《ほほえ》んだ。

男はおれの体越しに手を伸ばしてドアを開けた。「さあ着いたぞ」

おかしなことをいうなと思って、もう一度振り返って男の顔を見た。やつはおれの背後に視線を投げていた。上を見上げているので、黒目が上を向いている。おれは本能的にその視線を追って後ろを振り返った。

そのビルを見たのははじめてだったが、なんの建物なのかはすぐにわかった。男は警察本部の前で車を停めたのだ。

そこがどこかはわかっていたが、なにを意味するかはまだわかっていなかった。おれは純粋な好奇心に駆られて男のほうを振り向き、口の煙草を取ろうと手を上げかけた。

手は上がらなかった。上げられなかったのだ。おれの手のすぐ横に男の手があった。どういうわけかおれの手首にはステンレススチールの腕輪がはまり、細いチェーンで男の手首につながっていた。おれの手が上がらなかったのは、やつが手を動かそうとしなかったからだった。

「さあ降りるぞ」と男はいった。「ご足労に感謝するよ」

最初の二回の尋問はどちらも五十分以下だった。三回目はもっと長かった。おそらく、最初の数時間はたくさんの参考人から話を訊く必要があったので、ひとりひとりにじゅうぶんな時間を割けなかったのだろう。

三回目の尋問は、独房棟からオーク材の羽目板が張られた一階のオフィスに場所を移して行なわれた。明らかに、まえの二回とは真剣さがちがっていた。じっくり尋問する時間がようやく取れたか、じっくり尋問するだけの証拠がなにか見つかったにちがいない。

銀縁の眼鏡をかけた猟犬みたいな男が、こんどもデスクの向こうにすわっていた。最初の尋問のとき、男はステイシー警部補と自己紹介した。部屋にはいま、ほかに三人の警官がいた。ひとりは制服警官で、残るふたりは私服の刑事だ。私服のひとりはおれに目をつけて車に乗せてくれたやつだった。今回が本番らしいとおれが判断したのは、それも理由のひとつだった。しかし彼らはこんども礼儀正しく、丁重だった。すくなくとも、最初のうちは。

「いいだろう、マディソン」と、ステイシー警部補がいった。「もう一度すわってもらえるかな。いくつか確認したいことがある。煙草は？」

警部補が差しだした煙草をうけとると、制服のパトロール警官が近づいてきて火をつけた。

「おまえの話はすべてチェックした。すくなくともチェックできることに関しては、といったほうがいいかな。おまえはミッドタウン・ホテルに滞在している。この街にきたのは三日前。名前はハリー・マディソン、自宅はサンフランシスコ。通り番地はなし。おれたちは財布の中身をあらためた。各種紙幣で二百六十ドル。運転免許証、クレジットカード、名刺、社会保障番号、身分証明書などはいっさいなし。奥さんと子供の写真さえ入っていない。

ズボンのポケットにはハンカチ、ホテルの鍵《かぎ》、硬貨で四十セント、爪楊枝《つまようじ》が二本、半分吸ったマルボロのパック。それと、ジャケットのポケットに空の封筒が二通。書かれた宛名《あてな》はサンフランシスコ市局留め、ハリー・マディソン。

おまえはカジノでひと儲《もう》けしようとここへきたという。仕事をクビになりたくないから、フリスコのどこで働いているかは話したくない。ギャンブルをしにここへきたことを妻が知ったら家を出ていくかもしれないから、フリスコのどこに住んでいるかも話したくない。おまえがハリー・マディソンだと証言してくれる人間はこの街にひとりもいない。身元を証明してくれるサンフランシスコの誰かを教えてくれるつもりもない。職業はセールスマンだという。要するにおまえは、自分の名前と職業以外、社会保障番号さえ明かしていない。どうやらジュネーヴ条約かなんかを遵守《じゅんしゅ》してるつもりらしいな。

ということで、ここでひとつ教えておく。ここは警察署で、これは警察による事情聴取だ。おれは昼食もとっていない。朝食代わりにコーヒーを一杯飲んだだけだ。しかも夕食をとる時間もありそうにない。胃は痛むし、神経はボロボロにすり減っている。しかし、おまえならそれをたった一分で解決できる。だんまりを決めこむのをやめて、気が狂ったみたいにベラベラしゃべりまくるだけでいい」

警部補はいきなり立ちあがると身を乗りだしてさっと手を振り、おれがくわえた煙草を弾き飛ばした。それからため息をついて頭を振り、また椅子《いす》に腰を落とした。

おれにはもっと時間が必要だった。まだ考える必要がある。なんとか時間稼ぎをしなくては。

「言い抜けようってわけじゃないんだ」と、おれはいった。「利口者を演じたいわけでもない。しかし、あんたたちはいきなりおれをここに連行したんだぞ。なのにこっちは、しょっぴかれた理由さえ聞いてない。なんの罪で告発されてるのかも教えられてない。ここはロシアじゃない、アメリカ合衆国だ。なぜ拘束されて尋問されてるのか、おれには知る権利がある」

警部補の顔がすこし青ざめた。彼はまた立ちあがりかけたが、もう一度ため息をついて腰を落とした。

「話してやれ、ジョーンジー」と警部補はいった。

車を運転していた刑事が歩み寄り、デスクの端に腰をおろしておれの顔を見据えた。彼は車に乗っていたときとおなじ親切そうな愛想のいい顔をしていた。

「けさの九時すぎ、ふたりの男が死んだ。ダイナマイトで吹っ飛ばされたんだ。明らかに殺人だ」ジョーンジーは言葉を切った。もはや笑みは浮かべていなかった。「数分後、車の追突事故があり、追突された車の運転手が金を奪われた。被害額はおよそ二十五万ドル。もっと聞きたいか？」

「そいつがおれとどう関係があるんだ？　逮捕の理由は？」

「いうまでもないだろうが、管轄内《かんかつない》でこの手の事件が起こった場合、警察は理由と犯人を突きとめる。まずはどこかからはじめなきゃならない」

まるで飲みこみの悪い子供に二足す二は四だと教えているかのような口調だった。

警部補がまたため息をつき、ジョーンジーがそれにならった。

「おれたちは手はじめに疑わしい人間をしょっぴき、あれこれ個人的な質問をする」

おれはうなずいた。「いいだろう。で、おれのどこが疑わしいんだ？」

ジョーンジーは上半身を前に倒すようにしてデスクからおりた。「おまえが底抜けに非協力的なとこさ」彼は皮肉っぽくいった。「まあ、おまえのいまの質問には答えてやろう、しかしおまえにとっては、これが最後の質問だ。すくなくとも当面のあいだはな。おれたちがこんど質問を再開したとき、おまえは答える側になる。

おれがけさおまえに目をつけたのは、あそこが人通りのすごくすくない通りだったからだ。おれは打ち捨てられた倉庫の前を車で通りかかった。あたりに人影はなく、車も走っていなかった。それから五分ほど走ったところで、車をUターンさせて引き返した。つぎに倉庫の前を通りかかると、わきに車が停まっていた——フォードのセダンで、横っ腹にへこみがあった。車内には誰もおらず、倉庫のなかにも誰もいなかった。おれはその場を通りすぎた。すると、街のほうへ向かって歩いている男に追いついた。男はどこからきたのか？　車体のへこんだ車に乗ってきたと考えるのがごく自然だ。たまたまそのときのおれは、脇腹がへこんだ車に目を光らせていた。おまえにも理由はわかるだろうが、二十五万ドルを奪って逃げたやつが誰にしろ、車体のへこんだ車を運転してるはずだからだ」

ジョーンジーの話が終わると、ステイシー警部補が立ちあがった。「よし、お話の時間は終わりだ。おれたちはこれから……」

ドアにノックの音がして、警部補は言葉を切った。制服警官が警部補にちらっと目を向けてから歩いていき、ドアを細く開けた。それからふたたびドアを閉じ、警部補の横に行ってなにやら耳打ちした。ステイシー警部補はうなずいた。制服警官はまた引き返してドアを開けた。パトロール警官が普段着姿の男を四人従えて入ってきた。

パトロール警官のすぐ後ろにいるのはジョエル・リコだった。その後ろにいるのは、玄関前の階段で酒を飲んでいたふたりの酔っぱらいだ。四人目の男は、誰がどう見ても私服の刑事にちがいなかった。

四人はドアを入ってすぐのところに立った。誰もなにもいわなかった。部屋にいたおれたちはみな、彼らのほうに顔を向けた。四人はおれたちひとりひとりの顔をゆっくりと慎重に確認していった。たぶん四、五分はかけたはずだ。四人の態度にいい加減さは微塵《みじん》もなかった。

最初に振り返ったのはジョエルだった。やつはおれが刑事だとにらんだ男のほうを向くと、ほんのかすかに肩をすくめて首を振った。ほかのふたりもそれにならった。彼らは回れ右をしてぞろぞろと出ていった。そのとき電話が鳴り、警部補が受話器をとった。彼は一分ほど耳を傾けてから悪態をつき、フックに受話器を叩きつけた。

「こい、ジョーンジー」と声をかけ、警部補はドアのほうに向かいかけた。しかしふと立ちどまり、おれを振り返った。

「マディソン、おまえにいっておきたいことがある。おれたちはおまえの指紋を採った。もし前科があれば、二十四時間以内にわかる。個人的な見解をいわせてもらえば、おれは前科があるほうにこの右腕を賭《か》けてもいい。この街じゃ、尋問のやり方が三つある。被疑者がきちんと税金をおさめている良識的で信頼できる一般市民なら、こっちもそれなりに丁重な態度でのぞむ。前科はないが身元の不明な人間に対しては、もうすこし荒っぽくなる。もし前科があれば、丁重さなんぞ知ったこっちゃない。

おれたちは急がない。その必要はないからな。時間ならある。おまえの場合は、二十四時間もあればじゅうぶんだろう。これからの二十四時間、おまえは放浪罪で拘留される。おれはしばらく外出しなきゃならない。しかし、ここにいる連中がおまえとしばらくおしゃべりするはずだ。もしおまえになにか話したいことがあるなら――しかもそれが多少なりとも筋の通った話なら――おれたちのためにもおまえ自身のためにも、ぜひとも話してくれ。わざわざつらい思いをつづけることはない」

警部補は背を向けて出ていった。

やつはたんに事実を述べたにすぎない。その事実がなにを意味しているか、誤解の余地はなかった。おれは首筋に汗が噴きだしてくるのを感じた。

二十四時間。

いまから二十四時間たったとき、おれが心配すべきはステイシー警部補ではなかった。

おれの指紋データがテレタイプから吐きだされたとき、いったいなにが起こるかだった。

9

いまになってみれば、あのときの自分がなにを待っていたのかわからない。たぶん、「生きているかぎり希望はある」とかいった陳腐な決まり文句にすがる気持ちがあったんだろう。おれには二十四時間――もしくはそれ以下――しかなかった。それを過ぎたら希望はない。まったくない。そうこうしているうちに、現実に直面しなければならない時がくる。しかもその現実は、嬉《うれ》しくなるようなもののはずがなかった。

おれがなにか隠していることは、尋問している連中もお見通しのはずだった。クソッ、おれはすべてを隠している。拘留された人間が口を閉ざしたら、警察はなにか隠すことがあるからだと考えるし、たいていの場合は事実そのとおりだ。話すのを拒否することは、沈黙によって罪を告白するようなものでしかない。被疑者がはぐらかしつづけていると、尋問者は最悪の部分を引きだされてしまう。刑事のゼイニーとカーターの場合も例外ではなかった。

いい刑事を演じているのはカーターで、ゼイニーのほうが悪い刑事を演じていた。しかし、役割を逆にすべきだった。カーターはがたいがでかく、太っていて肩幅があり、自堕落なチンパンジーのような顔をしていた。一方のゼイニーは背が低く、やせていて、ラテン語学者のような青白い顔をしていたが、じつはジュードーの覚えがあり、革ベルトの使い方に精通していた。

警察捜査における古典的な意味での拷問《ごうもん》はうけなかった。おれがうとうとしたときに、ゼイニーがあの手この手で眠らせまいとしたくらいだ。カーターはおれにコーヒーを出し、煙草《たばこ》に火をつけ、同情してくれた。

どちらの刑事も一塁ベースにたどりつけなかった。とはいっても、どちらも本気を出してはいなかった。リハーサルのウォーミングアップのようなものだった。本物のコンサートがはじまるのは指紋データが到着してからだ。

やつらはなすすべもないまま、夜明け前にふたたびおれを独房に放りこんだ。眠れるだろうと思ったが、だめだった。おれは横になったままアリーのことを考えた。

おれは留置場にいる。アリーは留置場にいない。アリーは二十五万ドルの上にすわっている。最終的にあいつは、そのうちの何割かを自分のものにする。

今回のヤマを立案したジョエルは尋問をうけたが、すでに釈放されていた。今回の件はすべて、おれを使うための巧妙な策略だったのだろうか？　そもそもこうなるように仕組まれていたのか？

ただしこの仮説にはひとつだけ穴がある。おれが警察にすべて白状したらそれで終わりだ。彼ら――アリーとジョエル――にだってそれくらいはわかっているだろう。はめられたってことはありえない。おれは真相を打ち明ければそれでいい。証明できようができまいが関係ない。アリーとジョエルはしょっぴかれる。ふたりはほんのおおざっぱな取り調べにだって耐えられっこない。

あいつらがおれを裏切ったなんてことはありえない。あのふたりが道徳観などまるで持ち合わせていなくても、裏切ることはできないのだ。

どんな角度から考えてみても、おれがいま陥っている窮地は、あのふたりのどちらとも関係がないと断言できる。たんに運が悪かっただけの話なのだ。

意識をたもっていられなくなると、人間は肉体的疲労の極限に達する。考えたり理解したりができなくなると、こんどは感情的にも精神的にも疲労の極限に達する。おれはたぶん、このふたつの極限に同時に達したらしい。

眠りに落ちたが、夢ひとつ見なかった。

看守はおれを起こすのにだいぶ苦労したらしい。ようやくのことで意識を取り戻し、目を開いて見上げると、看守は水で濡《ぬ》らしたタオルでおれの顔をひっぱたいていた。

「おい、起きろ。おまえに会いたいってやつがきてるぞ」

自分がどこにいるのか、はっと思い出した。そして、なぜここにいるのかも。誰かが会いたがってる？　即座に頭に浮かんだのは、指紋照合の報告書だった。おれを待っているのは、間違いなくわが旧友、ステイシー警部補だろう。

体を起こし、独房の隅にある三角形のシンクに行き、顔を洗った。五分後、ブリーフケースを持った身だしなみのいい男と面会室で対面したときのおれは、まだ頭がよくまわっていなかった。

男は時間を無駄にしなかった。

「名前はフィニー。保釈保証人だ。きみはハリー・マディソンだな？」

一瞬、マディソンという名前を聞いてもぴんとこなかったが、すぐに思い出した。おれはそうだと答えた。

フィニーはブリーフケースから一枚の紙を取りだした。おなじことを毎度くりかえしているのだろう。

「浮浪罪での逮捕だな。それと、武装強盗および殺人の容疑。保釈金二万ドル。これはすでに支払われている。受付のデスクに行けば、所持品を受け取れる」

男は背を向けて歩きだした。

男は背が低かった。歩幅は小さく、歩き方は優雅だった。おれは手を伸ばして腕をつかんだ。

「おい、ちょっと待ってくれ。いったい誰が……」

「ここから出たくないのか?」

男は振り返っておれを見つめた。

おれは大きく息を吸った。

いや、出たい。

「いいや」

「だったらきたまえ」

おれは男のあとについていった。男は廊下の先の一室に入って何枚かの書類にサインをすると、おれがサインすべき書類を渡してよこし、金色のペンを貸してくれた。すべての手続きを終えるのに三分か四分しかかからなかった。それからまた廊下に出た。おれは返却された財布をポケットに突っこみながら、また手を伸ばして男の腕をつかんだ。

男は回転台に乗っているかのようにくるっと振り向いた。おれが口を開くよりも先に、男は言葉をさえぎった。

「わたしに手をかけるんじゃない。きみは留置場を出たいと思い、いまこうして出ている。たぶんきみには友人がいるんだろう――わたしにはどうでもいい話だ。しかし、わたしに手をかけるのはやめろ」

おれが一歩下がると男はきびすを返し、ガラス張りになった両開きの玄関ドアから外に出て、短い階段を降りて表通りに向かった。

なぜだかわからないが、おれは男につづいて建物を出なかった。すくなくとも、しばらくのあいだは。たぶん、すっかり虚を突かれていたんだと思う。おれはただその場に立ちつくした。

デスクの係員はまだ半分残ったタバコのパックも返してくれた。

ジャケットのサイドポケットに入っていたそのパックに気づいたおれは、すこし曲がったタバコを取りだして口にくわえ、ガラス張りのドアのほうへ歩きながらポケットに手を突っこんでマッチを探した。マッチはなかった。おれはドアの前でためらい、なんとはなしに通りに目をやった。

やつが目に入ったのはそのときだ。タクシーの後部座席にすわり、身を乗りだして運転手になにか話しかけている。サングラスをしていなくても、すぐにわかっただろう。あの銀髪は見間違えようがない。

後ろ歩きで何歩か下がってから、回れ右をしてすばやく廊下を進み、ドアを開けて地下室へつづく階段を下りた。

どこをどう通ったかは複雑すぎて覚えていない。とにかく、しばらくしてたどりついたドアの掛け金を上げて押し開け、短い階段を上がると、裏通りに出た。目の前のアスファルトに太陽の光が差していた。

裏通りの先は表通りに通じていた。おれはそっちに向かって歩きはじめた。ただやみくもに歩いているだけで、どっちに進んでいるかは気にかけていなかった。もはや方向感覚など必要なかった。地図もコンパスも必要なかった。なにか考えたり判断したりする必要もなかった。ようやくのことで、おれは状況を理解した。

裏通りを出た先は、警察署の前を通っている大通りだった。角で曲がろうとしたところで、そっちに行くと署の玄関前を通ることになるのに気がついた。建物の出入り口のひとつに身を隠し、前方に目をこらした。アート・ブラックマーの乗ったタクシーはまだ署の前に停まっていた。正面玄関の前には花崗岩《かこうがん》の階段があり、その両脇《わき》にひとりずつ男が立っている。ふたりとも建物に背を向けているので顔が見えた。ブラックマーの手下のアルとレッドだ。

なにがどうなっているのか、疑問の余地はなかった。やつらはおれが出てくるのを待ち受けているのだ。

おれが拘留されたことをブラックマーが知っているとしたら、理由はひとつしかない。おれがしょっぴかれるよりもまえに情報を知らされていたのだ。やつはおれがなんという名前を使うかも知っていた。なぜそれがわかるか？　保釈金を手配したのはブラックマーに決まっているからだ。

ブラックマーに情報を漏らすことができた人間はふたりだけ――ジョエルとアリーだ。考えるまでもなく、ふたりにとってはそうするのが当然だった。あと六時間もすれば警察はおれの指紋を突きとめる。そうなったら、保釈になるチャンスは万にひとつもない。しかし、ブラックマーに情報を漏らした人間は、おれが警察に逮捕されることを望んでいたわけではなかった。おれをはめたのは、電気椅子《いす》や刑務所に送りこみたいからじゃない。おれに死んでほしいのだ。

おれはもう用済みだ。これは捨て駒《ごま》にされたとかいう次元の話ではなかった。生きているかぎり、おれという存在自体が危険なのだ。

建物の出入り口に立ったおれは、自分には打つ手がなにもないことを悟った。もはや行くところはどこにもない。その瞬間おれは、もうすこしでいまきた道を引き返し、最初に目に入った警官に身柄をあずけてしまいそうになった。

おれは足を踏みだし、そこでまたためらった。

裏切ったのがジョエルだけだという可能性が、ほんのわずかでもあるだろうか？　アリーはなにも知らない可能性は？　ジョエルはおれだけでなく、アリーも裏切ったのでは？

おれはそれを信じたかった。信じる必要があった。

出入り口をすり抜けて外に出ると、警察署とは反対の方向に曲がって歩きはじめた。交差点のそばの歩道際《ぎわ》にタクシーが停まっていた。おれはすばやく後部座席に乗りこんで行き先を告げた。十五分後、運転手はアリーとおれが借りたバンガローの前にタクシーを停めた。

料金を払い、バンガローに向かった。もし誰かがいるとすれば、姿を見られないように近づいたところで意味はない。

真っ昼間の通りには、人影がまったくなかった。

堂々と玄関まで歩いていき、ノブをまわした。鍵《かぎ》がかかっていた。ベルを鳴らした。なにも起こらなかった。もう一度鳴らし、数分ほど待った。一台の車が隣の角を曲がってきて、バンガローの前を通りすぎた。その車が視界から消えるまで待った。肩をドアに押し当て、三十センチほど体を反らしてからぶち当たった。ドアは勢いよく開いた。

ドアを閉めようと振り向いたとき、背後からカサカサというかすかな音が聞こえた。おれはさっと振り返った。部屋のまんなかにジジが立ち、細いチェーンをぎりぎりまで引っぱっていた。チェーンの反対端はソファの脚に結びつけてある。二十四時間ほどまえ、おれといっしょにここを出るまえにアリーが結びつけたのだ。そのあとでおれはジョエルと落ち合い、アリーはスーパーマーケットに向かった。プードルは訴えるような目をおれに向け、哀れっぽく鼻を鳴らした。

出がけに牛乳を入れてやったボウルは空になっていた。家のなかを見てまわるまえに、チェーンを解いてやった。

すべてはおれたちが出ていくまえとまったく変わっていなかった。ベッドルームにはアリーが脱ぎ散らかした服がそのままになっている。バスルームのシンクの端にアリーが置いた未開封の歯磨きチューブは、いまもそこに載っている。なにも荒らされていないし、動かされたものもない。

いったん冷蔵庫に行き、ジジのボウルにミルクを入れてやってから、ガレージに通じているドアを開けた。ジャガーは作業台の上に乗ったままだった。おれがジャッキで持ちあげてタイヤを外してから、誰も手を触れていない。タイヤは床の上で盗んだ金をつめてもらうのを待っている。

ベッドルームに戻り、もう一度調べてまわった。アリーがバンガローに戻っていないのは間違いなかった。きのうの朝ここを出たとき、彼女に戻るつもりがあったかどうかを示す手がかりを見つけたかった。

なにもなかった。ヒントをあたえてくれるものさえない。ドレッサーのいちばん上の引き出しにしまっておいた金は消えていた。しかし、出かけるときにアリーがバッグに入れたのかもしれない。宝石類もいくつか消えていた。しかしどれもたいした値打ちはないし、アリーは所有欲の強い女じゃない。札が何枚かとジェラルド・マーンの身分証が入ったおれの財布は、ドレッサーの上のライターの横に置いてあった。部屋を調べ終えてはっきりわかったことはひとつだけだった。

アリーはバンガローに戻っていない。

キッチンへ行き、コーヒーポットを火にかけた。考える時間が必要だった。お湯が沸くのを待つあいだ、小さなポータブルラジオのスイッチを入れた。ちょうどニュースの終わりの部分を聞くことができた。警察の発表によると、ふたりの警備員が乗った車を爆破した犯人は、まだ判明していないとのことだった。現在、警察は事件の解決に全力で取り組んでいる。強奪と爆破は内部の人間の犯行である可能性が高いと考えているが、有力な手がかりはない。数多くの容疑者を尋問したものの、現在のところ、解決の糸口はなんらつかめていない。

ニュースを聞いてわかったのは、思ったとおりアリーはまだ捕まっていないことだけだった。しかし、捕まっていないなら、いったいどこにいるのか？　なぜバンガローに戻っていない？　もしかしてブラックマーに見つかったということか？

そいつは疑わしかった。おれの居場所をブラックマーに教えたのはジョエル・リコに違いない。しかし、強奪した金はアリーにおれが渡したのだから、ジョエルがその金をブラックマーから守りたければ、アリーのことも守らなくてはならない。そこから引きだせる結論はただひとつ。このバンガローに戻ってくるつもりがアリーにはそもそもなかったのだ。

アリーがおれだけでなく、ジョエルも裏切ったとは考えられるだろうか？　しかし、それはありそうになかった。いったん金を手にしたからには、逃げるためにはどうしたってジョエルが必要なはずだ。

おれは砂漠のはずれにあるジョエルのさびれたランチハウスを思い出した——ラスヴェガスから約三百キロのところにぽつんと建っているランチハウスだ。

警察にもブラックマーにも見つかることなく、なんとかラスヴェガスから脱出できたとして、どうすればあの場所を探し出すことができるだろう？　あのランチハウスを買ったとき、ジョエルが本名を使ったはずはない。よっぽどの運がなければ、この一年かそこらに行なわれた土地譲渡の記録を見つけだすのは不可能だ。

もちろん、ひとつふたつ手がかりはある。ジョエルはラスヴェガスを飛び立ったあと、ほぼ北に向かった。飛行時間は二時間ほどだ。

コーヒーを淹《い》れているあいだにラジオの番組が変わり、朝のメロドラマがはじまっていた。おれは身を乗りだしてスイッチを切り、その瞬間、ふと思い出した。

あのランチハウスには無線機《ラジオ》があった。アマチュア無線用の短波無線機だ。たしかあれには、コールサインの文字が入っていた。そうとも、よく覚えている。ジョエルはあの無線機をすごく自慢にしていて、コールサインを隠すことさえしていなかった。キャビネットにネジ止めされたプレートに印刷されていた文字を、おれはいまでも覚えていた。〈WG1556〉だ。

十分後、おれは連邦通信委員会ロサンゼルス支所の係員と話をしていた。こちらが質問をしても、係員は身元を訊《き》きもしなかった。調べるのに数分かかるからこちらからかけ直そうかと訊かれたが、おれはこのまま待つと答えた。

はっきりした場所まではわからなかったものの、郵便番号はネヴァダ州ナイ郡ダックウォーターの私書箱のものだった。アマチュア局そのものはダックウォーターとウォームスプリングズのあいだに位置する牧場にあるはずだ、と係員はいった。無線従事者免許の申請者名はジョージ・リチャーズ。WG１５５６の電波が混信するとの苦情であれば……。

苦情ではないとあわてて打ち消し、向こうがまだ話しているのもかまわず通話を切った。

つぎの電話はもっと厄介だった。おれは郡庁所在地トノパーの郡書記に電話を入れ、ジョージ・リチャーズがこの二年以内にナイ郡に購入したランチハウスの所在地を問い合わせた。

これは電話で答えてもらえるたぐいの質問ではなかったし、そもそも調べるにはだいぶ時間がかかるはずだった。直接こちらにお越しいただけるかと郡書記が訊くので、じつはいまラスヴェガスからかけているのだと説明した。わたしは〈マーフィー&デクスター検事事務所〉のアラン・デクスター、アラン・デクスター判事だ。ジョージ・リチャーズに協力を願いたい件があってね。非常に重要な件なんだ。たぶん、「判事」のひとことが効いたのだろう。郡書記は調べたうえで折り返し電話をすると答えた。

それだと電話代もかかるし、そちらの迷惑になる。このまま待たせてもらうよ。

しかし、調べるには一時間以上かかるはずだという。おれはバンガローの電話番号を教え、コレクトコールでかけてくれと頼んだ。

連絡がくるのを待つあいだ、電話帳で地元の番号を調べた。今回は勘だけが頼りだった。

数回の呼び出し音につづいて、女が電話口に出た。おれは管制塔につないでくれと頼んだ。つづいて電話口に出た男はラスボーンと名乗った。

「ミスター・ジョエル・リコに伝言は頼めますか？」とおれは訊いた。「朝九時に格納庫で会う約束だったんですが、ちょっと遅れてしまいましてね。非常に重要な件なんですよ。そうでなければお手をわずらわせたりは……」

「ミスター・リコのセスナなら三十分ほどまえに離陸しました」とラスボーンはいった。「残念ですが、すこし遅かったようですね。ロサンゼルスに向かいましたから、国際空港に電話をすれば……」

おれは礼をいった。ミスター・リコはひとりだったか訊きたい衝動に駆られたが、これ以上会話をつづけるのは不安だった。ジョエルが警察の捜査の手からどうやって逃れたのかはわからない。しかし、やつのセスナを誰かが監視している可能性は高い。疑いを招くような真似《まね》をして、この電話を逆探知される危険は避けたかった。いまこの瞬間にも、誰かがジョエルを調べにきているかもしれないのだ。

受話器を置いたときには、なにが起こったのかがわかりはじめていた。いったいどういう段取りだったのかも。

空港を飛び立ったとき、セスナにアリーは乗っていなかったはずだ。もちろん金も乗っていない。ジョエルのセスナのことは警察も知っている。強奪事件が起こればまず最初に調べられる。警察はセスナの使用を禁じまではしないだろうが、離陸前に機内と荷物を徹底的に捜索するはずだ。

離陸を許可されたのだから、ジョエルはよっぽどよくできた話をでっちあげたにちがいない。

アリーは空港に近づきもしなかったはずだ。そんな必要はどこにもない。いったいどうやったのかはわからないが、おれが金の入ったバッグをポンティアックに積んだあとで、道路が封鎖されるまえに市内から出たのだ。街からさほど遠くない場所に、一時的な隠れ家を用意してあったのだろう。警察が通りをパトロールしはじめたときには、もうそこに身を隠していたというわけだ。

それから、おそらくきょうの朝早く、アリーは砂漠のどこかあらかじめ決めていた場所まで車を走らせ、ジョエルのセスナが着陸して拾ってくれるのを待った。

いままさにこの瞬間、ふたりの乗ったセスナは着陸態勢に入り、ランチハウスの上空を旋回しているかもしれない。隠れ家の安全は万全に近い。警察の動向は無線で知ることができる。遅かれ早かれ、警察も〈エジプシャン〉の重役たちも、ジョエルが強奪計画に一枚噛《か》んでいることに気づく。計画の裏で糸を引いていた内部の人間がやつだと突きとめる。しかし、突きとめたからといってどうにもならない。ランチハウスのことは誰も知らない。たとえ居場所が発覚しても、いざとなったらセスナで脱出できる。

基本的な計画はジョエルがおれに説明したとおりだった。例外はただひとつ。おれはつまはじきだったのだ。

バンガローで待っていれば危険が増すばかりなのはわかっていた。しかしほかにどう動こうが、さらに大きな危険に飛びこむことになる。ブラックマーに関するかぎり、ここにいれば安全だ。やつがこのバンガローを知るはずはない。アリーを守るためには、ジョエルも黙っているしかなかったはずだ。

すくなくとももうしばらくはここを動くべきではない理由がもうひとつあった。トノパーの郡書記からの連絡を待たなくてはならない。

電話がかかってきたのは十二時十分前だった。

ジョージ・リチャーズは二年八カ月前にナイ郡のアーモン・フォーシング・ランチという古い牧場を購入していた。地所の広さは六百八十エーカー。書記は詳細な場所の説明を読みあげはじめ、緯度と経度を教えてくれた。おれは説明をさえぎり、車で行くにはどうすればいいか訊いた。

「それは非常にむずかしいですね。あのへんがどんな土地か、ご存じないんですか?」

おれは知らないと答えたが、目の前には州のロードマップが広げてあった。

「たいして役に立つとは思えませんが、だいたいの場所はお教えできますよ。運がよければ見つけられるかもしれません。国道九五号線を北へ向かうと、トノパーで六号線と交差します。そうしたら、六号線を東に向かってください。ウォームスプリングズに着いたら、さらにもう六十キロほど進むと、北に向かう枝道があります。道路とは呼べないような道ですがね。これを進むとホットクリーク・ランチに出る。そこでまた枝道に入って、こんどは北東に向かう。さらに百キロほど行くと、右側に枝道がある。放牧牛を歩かせる道に毛が生えたようなもので、標識はたぶん出ていないでしょう。

フォーシング・ランチは以前、バーQという名前だったんですが、リチャーズが購入後に改称したようですね。この道を進んでいけば、たぶんランチハウスに出るはずです。五十キロかそこらじゃないでしょうか」

おれたちはさらに数分ほど話をした。書記はひどく荒れた土地ですよと警告し、手紙を出して連絡を取り、誰かに迎えにきてもらったほうがいいといった。

「すごくさびれたところなんですよ。新しい所有者は狩猟用の別荘として購入したんであって、実際に住んでるわけじゃないと聞いた覚えがあります。ただ、税金はきちんと納めてます。この土地のことならぼくもよく知ってますが、車で探すのはちょっとためらいますね。ましてひとりならなおさらです」

おれは礼をいい、こんどラスヴェガスにきたときには事務所に立ち寄ってほしいといった。郡書記はそうさせてもらいますと答えた。

郡書記の説明を聞きながら取ったメモを片手に、ネヴァダ州の古いロードマップを三十分ほどじっくり眺めた。このロードマップは、フロリダから西に向かったとき、ジャガーのグラブコンパートメントに入っているのを見つけたのだ。

そのあとで、冷蔵庫のなかをあさってジジに餌《えさ》をやり、自分にも食べるものを用意した。酒が飲みたかったが、バンガローにはなにもなかった。どこかに行って買ってくるのも配達してもらうのも怖かった。

暗くなるまで、することはなにひとつなかった。いまごろ、町じゅうの警官がおれを探していることだろう。指紋照合の報告書はもう間違いなく届いているはずだ。ガレージに行ってジャガーにタイヤを付け直そうと思った。そうすれば移動手段として使える。しかし、いったいどこまで行けるだろう？　間違いなく道路はまだ封鎖されているはずだし、一時停止させられることなく町を出ることはできない。

もうだいぶ暗くなっていた。明かりを消したリビングルームの椅子にすわり、窓の外を眺めながら、なにか手はないだろうかと考えた。どうすればこのバンガローを出て町を抜け出すことができるか？　そのとき、通りを大型トラックが走ってきて、数軒先の家の前に停まるのが目に入った。運転手はバックで庭の芝生に乗り入れ、開いたままになっているコンテナのサイドドアを家のフロントポーチに向けた。やがて数人の男が家のなかから家具を運びだし、トラックに積みはじめた。

薄暗くはあったが、トラックの側面の文字は読めた。〈3ブラザーズ運送〉。その下には〈ロサンゼルス〉とある。

最初は、いまロサンゼルスにいられたらという思いが頭をよぎっただけだった。それから、だんだんとアイディアが形になってきた。おれはブラインドの端をすこし上げ、三人の男が家を出たり入ったりして椅子やテーブルやベッドやさまざまな骨董品《こっとうひん》を運び出すのを観察した。だいぶ作業が進んだところで、男のひとりがトラックからどっしりした台車を下ろし、ほかのふたりが毛布を手にそれにつづいた。

なにをするつもりなのか、おれははっと気がついた。ピアノを運び出す用意をしているのだ。

あたりはもうほとんど真っ暗だ。

一分もしないうちに、おれはバンガローの外に出ていた。通りをすばやく渡り、誰にも見られないことを祈りながら、サイドドアからトラックのなかに這《は》いのぼった。内部は漆黒の闇《やみ》で、手探りで進むしかなかった。コンテナには家具がぎっしりつまっていたが、古い衣装ダンスとおぼしき大型家具のわきを無理やり通り抜けた。

それから、全身の筋肉を引き絞ってその衣装ダンスを押し、そのまた奥に置かれたなにかとのあいだに狭い隙間《すきま》をつくると、闇に手を伸ばして椅子を一脚探り当て、隙間に突っこんでつっかえ棒にした。つぎに、筒のように丸めてあった絨毯《じゅうたん》をひっぱり、頭からかぶって体を隠した。

外で音がして、誰かが毒づいた。トラックの床になにか重いものが当たるのが感じられた。その直後、懐中電灯の明かりがついた。衣装ダンスが動き、おれの体を押してきた。一瞬、このまま押しつぶされるのではないかと不安に駆られた。つづいてまたうなり声が聞こえ、なにかがトラックの床にぶつかる大きな音が響いた。衣装ダンスがまたすこし動き、さらに強く体を押してきた。

三人はピアノを運び入れ終わると、動かないように固定しはじめた。

「よし、これで終わりだ。街へ行って夕食にしようぜ。まだ先は長いんだ」

十五分もしないうちにエンジンのかかる音が響き、トラックが動きはじめた。おれは漆黒の闇に包まれていた。トラックのサイドドアがロックされているのはわかっていた。

さらに十五分か二十分ほどして、トラックが急停止し、エンジン音がやんだ。ドアを乱暴に閉じる音がした。

たぶんダイナーが見つかったので食事に行ったのだろうが、おれはうっかり眠ってしまったらしく、帰ってきたのがどれくらいしてからかはわからない。おれが目を覚ましたのは、エンジンがかかってギアを入れるガリッという音が響いたときだった。スペースが狭くて動くこともままならなかったが、なんとか衣装ダンスを押して三センチほど隙間を広げ、ポケットに手を突っこんで煙草を取りだした。運転席の三人は前方の道路にしか注意を向けていないはずだ。

マッチを見つけ、火をつけようとしたとき、トラックのスピードが落ちてきていることに気がついた。そこでためらったことが、おれの命を救った。

トラックがふたたび急停止し、エンジンが切られた。話し声が聞こえ、ふたたびドアを閉める音が響いた。

つぎの瞬間、誰かがサイドドアの前にきたのがわかった。チェーンの音がして、ずっしりした鉄の掛け金が持ちあげられたかと思うと、トラックの天井に光が射《さ》した。今回、声はすごくはっきり聞こえた。

「いや、ちがうんだ」と声がした。「密輸や密売を疑ってるわけじゃない。今夜ラスヴェガスを出る車とトラックはすべて検閲しろって通達でね。こっちはいわれたとおりにしてるだけさ。なんか文句あるか?」

「文句なんてありませんよ、おまわりさん」べつの声がいった。「しかし、この荷物をぜんぶ出せっていうのは勘弁してもらえませんかね。一時間ほどまえに詰めたばっかりなんだ。しかもあのピアノはとんでもなく重いときてる。なにを探してるんだかおっしゃっていただければ……」

「男を探してるんだ」と、最初の声がいった。「男がひとり。たぶんなにか荷物を持ってる」

「このトラックにそんなやつは乗ってませんよ。入ってるのは家具だけです。いくら探してくれてもいいですが、あるのは家具だけですって」

天井を照らしていた光が動き、ピアノと衣装ダンスのあいだの狭い隙間を射した。おれは衣装ダンスの背後で体を縮めた。額に汗が噴きだしてくるのがわかった。逃げ場はない。いまいる場所から動かないより手はなかった。

新しい声がした。「これを動かしたいっていうなら、いいですよ、勝手にやってください。しかし、おれとこいつらは死ぬほど疲れてるし、届け先はまだ遠いんだ。時間と手間を省くために申しあげれば、ここには誰かの興味を引くようなもんはなにも載ってませんけどね。自宅の家具をヴェガスからバーストウまで運ぶように依頼した男以外、見向きもしないでしょうよ。まあ好きにしてください。積み荷を調べたいっていうんなら、さっさとこのガラクタを外に出せばいい。ただし、出したあとで元通りの場所に戻していただきますからね」

　声の主はしゃべりつづけながら遠ざかっていった。何分か過ぎたところで誰かが戻ってきて、ドアがふたたび閉まる音がした。

　五分後、トラックは走りはじめていた。ほっとしたおれはゆっくりと息を吐きだし、煙草に火をつけるチャンスをうかがった。もうこれで検問の心配はない。

　マッチがまだちらちらしているあいだに、おれは自分の位置を確かめた。ピアノは横倒しに置かれていて、天井とのあいだに広い空間があった。おれはすばやく立ちあがってそこに登ると、もう一度マッチを擦った。ピアノとトラックの最後部のあいだに広めのスペースがあり、厚い毛布がいくつも置かれていた。

　その上に飛び降り、ゆったりと体を伸ばした。先が長いことはわかっていた。バーストウはカリフォルニア州だから、ここからまだ三百キロはあるはずだ。いまは八時半過ぎ。着くのは深夜を過ぎてからだろう。

　おれはどうやってトラックから抜け出すかを考えながら、眠りに落ちた。

　突然の静寂に目を覚ました。トラックは停止していた。たぶん目的地のバーストウに着いたのだろう。おれは片肘《かたひじ》をついて体を起こし、マッチに手を伸ばした。しかし、そこでまた音がした。すぐ外で誰かがトラックの大きなサイドドアをガタガタやっている。

おれはまたその場に横になり、厚いキルトの毛布で体を覆《おお》った。これが幸いした。ふたつの声が同時に聞こえてきた。運転席にいた三人のうちのふたりがサイドドアをあけ、その場に立ったまま話をはじめたのだ。

「エドもバカだよな、六ドルも出してモーテルの部屋なんかとりやがって。四時間もしないうちにまたここにきて、荷物を運び出さなきゃならないってのによ」と、片方の男がいった。「ここにウィスキーのボトルがあるんだ。そいつをひっかけてすこし寝るよ。クソッ、この場でこのまま眠ることだってできらあ」

「おれも酒にはちょっとつきあうがな、チャーリー」と二番目の男がいった。「でもおまえさえよければ、おれは運転席で寝るよ。エドにボトルを見つかったりすんなよ。仕事中には飲むなって人だから」

誰かがトラックの後部に乗りこんで歩きまわっているのが聞こえた。こうなったらいつ体を踏まれてもおかしくない。おれは身じろぎひとつせず、ぐっと息を殺した。

「ボトルはタンスの引き出しに入れてあんだよ、ホレス」とチャーリーがいった。

「ちょっと懐中電灯を貸してくれ」

しばらくして、引き出しを開ける音がした。明かりがつき、消え、コルクを抜く音がした。それから何秒かは、なんの音もしなかった。

「もう一口どうだ？」

「いや、もういいよ、チャーリー。おれは運転席に戻る。おまえはほんとにここで寝るのか？」

「ああ。ドアは完全に閉めないでおいてくれ。すこし空気が入らないとな」

なにか重いものがすぐ横にどさっと倒れこむと同時に、体にかけた毛布が引っぱられるのを感じた。すこしだけ隙間を残し、ドアが閉じられた。つづいてもう一度ウィスキーをあおる音がし、大きな吐息が響いた。チャーリーの頭はおれの頭から三十センチも離れていないにちがいない。

おれは死体のように動かなかった。息をするのさえ怖かった。五分か十分ほど、かすかな息の音以外はなにも聞こえなかった。それからまた、ゴクゴクと酒をあおる音がした。しかしさらに五分もすると、深い寝息がいびきにとって代わられた。

おれは長いこと待った。すくなくとも、おれには長く感じられた。チャーリーは一度寝返りを打ち、いびきをとめて大きな咳《せき》をし、またいびきをかきはじめた。

おれはゆっくりと体を動かした。マッチを擦る危険は冒さず、一度に三センチ以上は動かなかった。記憶に従って動くほかなかった。ゆっくりと毛布の下から這い出し、サイドドアの前まで行くだけで、すくなくとも十五分はかかった。いびきは途切れることなくつづいていた。

壁に手をすべらせ、ドアを見つけると、隙間があいているところまでゆっくりと進んでいった。外にはよどんだ灰色の光が見えている。あれは空だ。

ドアの隙間は三十センチほどしかなかった。しかしおれはそこをなんなく通り抜け、一瞬後には地面に飛び降りていた。トラックはモーテルの前に駐《と》められていた。建物のエントランスには〈空室あり〉のネオンがついている。オフィスにはぼんやりと明かりが灯《とも》っているが、人が起きている気配はどこにもない。

通りの右に目を向けると、街の明かりが見えた。あれがバーストウに違いない。おれは足早にそっちを目指した。

モーテルから市境まで、すくなくとも一キロ半はあった。おれは二度車とすれちがった。どちらのときも、遠くからヘッドライトが近づいてくるのが見えると通りのわきの暗がりに身を隠した。

なにもないただの暗い原野に、やがてぽつぽつと住居が見えはじめ、数分もすると、おれは街の中心部に近づいていた。終夜営業のガソリンスタンドと自動車修理場を過ぎたところにバスターミナルがあった。ロビーは開いており、制服を着たふたりの水夫が木製のベンチに横になって眠っていた。チケットカウンターには誰も並んでいないが、その横に終夜営業のレストランがあった。

おれはなかに入り、眠たげな目をした女にコーヒーとハンバーガーを注文した。たぶんこの女は、ウェイトレスと料理人を兼ねているのにちがいない。食事を終えるとバスターミナルのロビーに戻り、電話帳を探した。黄色いページをめくっていくと、レンタカー屋の広告が見つかった。

呼び出し音をだいぶ鳴らしたところで、ようやく眠たげな声が答えた。おれの時計は三時二十分を指していた。すでに閉店していたのだろう。

ロサンゼルスからラスヴェガスに向かう途中、街はずれで車が故障してしまったのだと説明した。どんな車でもいいから一台借りたい。しばらく押し問答をした末に、電話口に出た男はやっとのことでどうにかしようと同意し、自分の家までの道順を教えてくれた。レンタカーサービスの仕事は自宅でやっているのだそうだ。そこはここから三ブロック半ほど先だった。

十分後、おれは身分証やクレジットカードなどの必要書類を提示し終えていた。六カ月前にサウスカロライナ州のエイケンで取得した書類だ。

男は五十ドルの領収証を渡して寄こした。おれはさらにチップを十ドル渡してから、三年物のフォードのセダンのフロントシートに乗りこんだ。料金は一日十五ドル、それに走行距離当たりの料金が加算される。

四時になったときにはすでにバーストウをあとにし、国道六六号線を西に向かっていた。このまま進んでいけば三九五号線に出る。ビショップで六号線に乗り、さらに数キロ北に向かい、ネヴァダの州境を越えた。

すべてうまくいけば、正午すこしまえにはトノパーとウォームスプリングズを過ぎて交差点にたどり着き、人知れぬ道を北に向かっていることだろう。そこを進んでいけば、ジョエル・リコのランチハウスへつづく道が見つかるはずだった。

10

ホットクリーク・ランチを過ぎたあたりで最後の右折箇所を探していたとき、おれは道を間違ってしまったらしかった。南に折れているタイヤの跡を見つけ、それをたどって進んでいったのだが、行きついた先はなだらかに起伏している砂丘だった。すでに正午をだいぶ過ぎており、運転をはじめてからもう何時間もたっていた。いくつも用意してきた水袋からラジエーターに水を補充するため、これまでに三度も車を停めていた。

人家のまったく見当たらない道を何キロも進んだところで、ついにタイヤの跡が消え、その先には砂と荒れ地が広がるばかりになった。

とんでもない暑さで、おれはもうだいぶまえから上半身裸になっていた。ガソリンメーターの針によるとタンクは半分以下になっていたが、それについてはあまり心配していなかった。けさ早く、ウォームスプリングズを過ぎて国道六号線を降りるときに、五ガロンのガソリン缶を三つ買っておいたからだ。

郡書記の指示が正しいとしたら、どこかで曲がるところを間違えたのだ。そこでいったん車を停め、ぐるっとUターンしていまきた道を引き返した。

四時半になる頃には、間道とおぼしき郡道に戻り、また北東に向かっていた。八キロも行かないうちに、道のわきに古いピックアップトラックが停まっているのが目に入った。水蒸気を噴きだしているラジエーターの前にネイティブアメリカンの男が立っている。おれは男の横で車を停めた。

男は水を切らしていたので、用意してきた水袋をひとつやった。男はうなっただけで礼はいわなかった。男が水を入れ終えたところで煙草《たばこ》を一本勧めた。男はなにもいわずにうけとった。おれはマッチを差しだした。

「バーQって古い牧場を知ってるか？」とおれは訊《き》いた。「このあたりに脇道《わきみち》があるはずなんだが」

男は一瞬おれを不思議そうに見てうなった。ジョージ・リチャーズとフォーシング・ランチの名前を出すと、その顔に理解の色らしきものがかすかにきざした。

男は道の先を指さしてうなった。

「ここからどのくらい？」

男は肩をすくめた。「ついてくる」

男はピックアップトラックに乗りこみ、ゆっくりと車を出した。時速三十キロほどに速度を抑えたまま、四十分か四十五分走ったところで、おれは男のピックアップの前に出て車を停めた。男も停まった。おれは車を降りてピックアップの横まで行き、もう一度質問した。男はただ肩をすくめ、さっきぼそぼそいったことをくりかえした。

「ついてくる」

遅々とした歩みがふたたびはじまった。さらに一時間ほど走ったところで、男はようやくスピードを落とし、ピックアップトラックを停めた。道のわきに杭《くい》が一本立っており、その横にほとんど識別できないほどかすかなタイヤの跡がふたつ、右のほうにつづいていた。男が車を停めなければ、絶対に気づかなかっただろう。

今回、男は自分の車を降りておれの車のところまでやってきた。彼はタイヤの跡を指さしてうなずいた。

「バーQ」と男はいった。すくなくともそう聞こえた。

「ここからどれくらい？」

男は肩をすくめた。「二時間か――三時間」

自分の車の速度を基準にしてか、それともおれの速度を基準にしてだろうか？　ともかく礼をいい、もう一本煙草を差しだした。おれは男が立ち去るまで待ってからフォードに乗りこみ、脇道に入った。

太陽は急速に西へ沈みつつあった。最初の半時間ほどは、ほとんど苦もなくタイヤの跡を追っていけた。しかし、いまやだいぶ暗くなっている。まだまだ走らなければならないのだとしたら、遅かれ早かれ道に迷ってしまうだろう。絶望的な気分が背中を這《は》いあがってくるのを感じた。なにかがおれにささやいた。早いところジョエル・リコの牧場に行き当たらなければ、もう決して見つけられないと。

八時になる頃には、すでに何時間も車を走らせていた。完全に暗くなってはいないが、すでに十回以上道を見失いそうになっていた。いったん車を降りてあたりをぐるぐる歩きまわり、ようやくかすかなタイヤの跡を見つけ、ふたたび旅をつづけた。運のいいことに、最後に休憩したときに懐中電灯を買ってあった。それがなければ、完全にお手上げだっただろう。

九時半をすこし過ぎた頃、またもや道を外れてしまった。それに気づいたのは、後輪がいきなり柔らかな砂に沈み、フォードが止まってしまったからだ。水と予備のガソリンと懐中電灯と煙草は事前に思いついて用意してきた。しかし、シャベルは思いつかなかった。

砂にタイヤの沈んだ車を動かすのに、一時間以上かかった。まずはジャッキで車体を持ちあげ、タイヤの下に座席のクッションを噛《か》ませて一メートルほど進めた。それを何度もくりかえし、ようやく固い地面の上まで車を動かすことができた。

この作業のせいですっかり疲れきり、おれは車の横の地面に倒れこんだ。ほんとうにへとへとで、動くことなどできなかった。すくなくとも一時間は、完全にへばったまま横たわっていたはずだ。

ようやくのことで立ちあがると、もう一度懐中電灯を取りだし、輪を広げていくようにあたりをぐるぐる歩いて、これまでたどってきたタイヤの跡を探した。

見つからなかった。

細い月がのぼっていた。ときどき振り返ってフォードのシルエットを探した。探索の輪を広げていくにつれ、車からの距離もどんどん広がっていった。

三十分以上を無駄に費やしたところで、タイヤの跡を見つけられる希望はないと判断し、引き返した。

フォードはどこにも見当たらなかった。

冷たい絶望感に全身の血の気が引いた。本能的に、車があると思った方向に走った。

つまづき、転び、立ちあがった。ふたたび走りだし、気づくと小さな丘にのぼっていた。そのとき、振り返りかけたおれの目に明かりが映った。左の方向に目を向けると、背の低い横長のランチハウスが地平線にシルエットとなって浮かびあがっているのが見えた。明かりはそこの窓から漏れていた。

おれはそのランチハウスを前に一度見ている。見間違えようはない。ジョエル・リコが改装したバーQは、ほんの五百メートルほど先にあった。

おれはゆっくりと近づいていった。二百メートルほど手前までくると、ランチハウスの横に駐機しているセスナのシルエットが見てとれた。

誰かがラジオのスイッチを入れ、開いた窓から音楽が流れてきた。窓の奥に明かりが見えていた。内部の間取りはわかっている。あそこはリビングルームだ。

建物を大きくぐるっとまわりこんで裏から近づいた。横手にも明かりが見えた。こっちはベッドルームのひとつだ。音をたてないように慎重に近づき、窓の下でぐっと体をかがめた。鉄製の窓枠は大きく開いていた。ベネチアンブラインドは下までおろされ、羽根板がほとんど閉じられている。おれは窓の真下に這い寄って頭を上げ、危険を冒してなかをのぞいた。

真っ裸のアリーが、部屋の真ん中に立っていた。彼女はゆっくりと後ろを振り返り、バスルームに歩いていった。しばらくして、シャワーの音が聞こえてきた。

窓の前を壁沿いに進んで建物の角を曲がった。つぎの窓は開けはなたれていたが、部屋に明かりはついておらず、ベネチアンブラインドもおりていなかった。窓がベッドルームより小さいところを見ると、たぶんキッチンだろう。

靴を脱ぎ、慎重に体を引きあげ、部屋のなかに忍びこんだ。暗かったが、自分が正しかったことはすぐにわかった。やはりキッチンだ。リビングルームに通じているドアの隙間《すきま》がわずかに見える。かすかに聞こえてくる音楽を聞きながら、こっそりと隙間に近づいて目をこらした。

ジョエルはソファにすわっていた。こちらからだと後頭部しか見えない。ソファの横にはバッグが置いてある。そのバッグがなんなのかは一目でわかった。おれが銀行の現金輸送袋に入っていた金を詰めたエアラインバッグのひとつだ。

おれはそっとドアを押した。ドアは音もなく開きはじめた。

実際に部屋のなかに入り、ソファにすわっているジョエルの一メートルほど後ろに立つまで、おれはあいつがなにをしているのかわかっていなかった。やつはもうひとつのエアラインバッグを膝《ひざ》に乗せ、なにやら小声でつぶやいていた。

金を数えているのだ。

おれはもう一歩前に出た。

向こうに音が聞こえたはずはない。おれはまったく音を立てなかった。

しかし、ジョエルはいきなり気がついた。目の前のテーブルに置かれた銃にさっと手を伸ばすのが見えた。と同時に、振り返っておれを見た。

ジョエルは銃をつかんで持ちあげつつ、振り返りながら腰を上げた。

あいつはおれを見た。誤解の余地はない。おれを見て、誰だか理解した。

ジョエルが完全に振り返り、銃口を上げきるまえに、おれは首筋に手刀を叩《たた》きこんだ。

やつは銃を落とさなかった。反対の手につかんだエアラインバッグも落とさなかった。しかし体のバランスを崩し、おれから見て後ろ向きにソファに倒れこんだ。

おれはすばやくもう二発殴りつけてから腕を首に巻きつけ、やつをのけぞらせた。

やつは声も上げずにソファに沈みこんだ。

喉《のど》から腕をはずし、のけぞったやつの喉を上から両手でつかむと、左右の親指を頸《けい》動脈《どうみゃく》に深く食いこませた。

やつは体を痙攣《けいれん》させ、一瞬だけ抵抗したが、それから静かになった。しかしおれは、喉に食いこませた親指に力をこめつづけた。たぶん、三分か四分はそのまま身じろぎひとつしなかったはずだ。

ようやく手を離した。やつの上半身はソファに寄りかかったまま倒れなかった。右手にはいまも銃を、左手にはエアラインバッグを握っている。

金の一部がバッグからこぼれ、床に散乱していた。

ソファの正面にまわりこんで確認する必要はなかった。誰かが動かさないかぎり、この姿勢ですわったまま動かないだろう。

おれは部屋を横切った。ベッドルームのドアは閉まっていたが、シャワーの音はまだ聞こえていた。

おれはこっそりベッドルームに入ってドアを閉めた。バスルームのドアはすこし開いていたが、アリーはシャワーを浴びていたし、カーテンが引かれていたから、音は聞こえなかったはずだ。おれはベッドに行き、ゆっくりと体を横たえた。

いまは裸足《はだし》だし、上半身は何時間もまえから裸のままだ。おれはベルトをゆるめてズボンを脱ぎ、ボクサーパンツ一枚でそこにすわって待った。

シャワーの音が止まり、アリーがバスルームから出てきた。リビングルームから流れてくるラジオの音楽に合わせて小声でハミングしている。

アリーはタオルを頭にかぶり、首を揉《も》んだ。ベッドのすぐそばにくるまで、こちらには目を向けなかった。

タオルが床に落ちた。アリーは体を硬直させ、アーモンド型をしたあのすばらしいブルーの瞳《ひとみ》でおれを見つめた。

はじめて会い、言葉を交わし、愛し合った最初の夜とまったくおなじに見えた。

まるで少女のようだった。

「やあ、アリー」

彼女はすばやく部屋に視線を走らせた。その目がほんの一瞬、ドレッシングテーブルにとまった。そこにはネイル用のはさみが載っていた。

「やめておくんだ、アリー」

彼女はまたこちらを振り返り、おれを見つめた。その顔にはまったくなんの表情も浮かんでいなかった。

「ジョエルは？」

「おれたちにジョエルは必要ないよ、アリー。あいつはもうおれたちの邪魔をしない。ここへおいで、アリー」

おれは立ちあがった。

アリーは一歩前に進みでた。夢遊病者のような足取りだった。

さらにもう一歩足を踏みだし、かすかによろめいた。

おれは手を伸ばして彼女の体を支えた。

おれたちはふたりいっしょにベッドへ倒れこんだ。

おれは彼女が声を喘《あえ》がせるのを待った。おれの下で身もだえし、爪《つめ》を背中に深く食いこませ、手足を硬くつっぱらせるのを待った。

激しく喘ぐあまり喉を詰まらせ、とがった白い歯でおれの下唇を噛むのを待った。

頂点に達する最後の瞬間を待った。

それから、自分のふたつの手でほっそりとした首を締めあげた。

無線機としばらく格闘してどうにか使い方を飲みこみ、ロサンゼルスのアマチュア無線家に呼びかけた。ようやくのことで応じてくれた男は、最初、おれが狂っているか、趣味の悪い悪ふざけをしているのだと思いこんだ。しかし、嘘《うそ》でも冗談でもないことをなんとかわからせ、ラスヴェガス警察に通報してこれからいうメッセージを伝えてくれと頼んだ。

男は十五分ほどしてから返信して寄こし、警察に連絡したといった。

警察はすでにこちらに向かっている。

あと二時間かそこらでつくだろう。

ということで、時間はもうない。警察がいつ到着してもおかしくない。家じゅうの明かりをすべてつけてあるから、見つけるのに苦労はいらないはずだ。

おれはここで、ただ待っている。

アリーは隣の部屋のベッドに裸で横たわっている。

しかしおれはもう、アリーのことは考えていない。いまは妻のマータと子供たちのことを考えている。この最後の件を三人が理解し、これがおれにできる唯一《ゆいいつ》のことだったとわかってくれることを願う。おれ自身にも説明のつけようのない妄執《オブセッション》から自分を解放するには、これが唯一の道だったのだ。

なぜか恐怖も後悔も感じていない。

記憶にあるかぎり、おれはこの数年ではじめて、自分自身にやましさを感じていない。

訳者あとがき

いまや神話的な存在でさえあるジャン＝リュック・ゴダール監督の代表的名作で、日本でも熱狂的なファンを持つ『気狂いピエロ』の原作でありながら、本書にはこれまで邦訳がなかった。おそらく理由はふたつある。ひとつは、フランスの作家ジョゼ・ジョバンニが書いた『気ちがいピエロ』というタイトルの犯罪小説がすでに翻訳刊行されており、長らくこれが原作だと誤解されていたこと。もうひとつは、本書の原書が非常に入手困難で、簡単には読むことができなかった点である。

ようやく入手した本書を読んだとき、私は新鮮な驚きに打たれつづけた。詩的で前衛的な映画版では意味のわからない場面状況や人物設定が明確になると同時に、「そういうことなのか！」という発見が随所にあったからだ。映画版で主人公の愛人を演じるアンナ・カリーナはなぜ犬の形のバッグを持っているのか？　なぜ「犯罪小説《ロマン・ポリシエ》の世界へ戻るのよ！」と叫ぶのか？　本書を読んでから映画を再見すれば思いがけぬ発見が次々ともたらされ、ゴダール作品の独自性と志向がより深く、鮮明に理解できるはずだ。

一方、ノワール小説としての本書に目を転じたとき、まず注目すべきは、主人公のふたりが精神的な愛をまったく共有していない点だろう。当時離婚して間もなかったゴダールとカリーナとの関係が投影された映画版は、男女の愛と別れをテーマにしている。主人公ふたりのあいだには、ロマンティックなまでに激しい情熱と心の葛藤《かっとう》がある。それに対し、原作の主人公ふたりを結びつけているのは純粋にセックスだけだ。そこに心の触れ合いは微塵《みじん》もない。三十八歳の中年男と十七の小娘のアンモラルな関係を、ホワイトは「愛」という名の免罪符を排して非情に描き抜く。そこに浮かびあがる虚無と絶望にこそ、ノワール小説に造詣《ぞうけい》の深い評論家の霜月蒼氏が「五〇年代アメリカン・ノワールを代表する作家のひとり」と評するホワイトの真骨頂がある。本書は典型的な悪女物でありながら、主人公が女の愛を疑って煩悶《はんもん》することはない。そもそもふたりのあいだに「愛」と呼ぶべき絆《きずな》はない。あるのは主人公の一方的な妄執だけだ。その自覚と葛藤が虚無を生む。主人公がついにこの妄執を断ち切る瞬間に噴出する虚無のエクスタシーに、ぜひとも震えてほしい。

本書の翻訳にあたっては、一九六二年にアメリカの Dutton 社から刊行された初版本を底本として使用した。翻訳は原文に忠実であることを心がけたが、作品内に登場するネヴァダ州の「リンカーン郡」は「ナイ郡」に変更してある。トノパー、ウォームスプリングズといった町があるのは、実際にはナイ郡だからだ。また、主人公が自分は〈マーフィー&デクスター検事事務所〉の者だと身分を詐称《さしょう》する場面があるが、検事はあくまで公職なので、弁護士と違って個人事務所は構えていない。ただしここは「相手を騙《だま》すためのハッタリ」と解釈し、原文のママとしてある。さらに、本書九十四ページに出てくる『マイ・フェア・レディ』は、原書では『ピグマリオン』となっている。両者は厳密にいえば別のものだが、ここではわかりやすさを優先した。

なお、本書の原題 *Obsession* は、直訳すれば「妄執」もしくは「強迫観念」となる。しかし、本書の主人公がそもそも「発狂した(Madden)」という名を持つ男であること、フランスでは「気狂いピエロ」が犯罪者を指す普通名詞にも使われること、さらには一般的な認知度が非常に高い点などを踏まえ、邦題は映画に合わせて『気狂いピエロ』とさせていただいた。ご理解いただければ幸いである。

最後に、入手困難な本書の初版本を入手してくださった翻訳家の浜野アキオ氏、詳細で熱のこもった解説を執筆いただいた山田宏一氏、吉野仁氏、そして本書の存在に目をつけて翻訳刊行に導いてくださった新潮社編集部の竹内祐一氏に感謝したい。

妄執、十一時の悪魔、気狂いピエロ

山田宏一

フィルムの劣化が進むなかで映画史の名作が次々にデジタル（4Kや2Kやら）でレストア（修復）されつつある。人間や組織なら若返り（restore youth）ということになるのだろうが、映画はフィルムの傷を取り除いたり色彩の調整をしたりノイズ（雑音）を消したりして元の画質や音質をより精細によみがえらせる作業になる。

ジャン＝リュック・ゴダール監督、ジャン＝ポール・ベルモンド主演の二本の名作、ヌーヴェル・ヴァーグ（新しい波）の金字塔的作品になった『勝手にしやがれ』（一九五九年、ゴダールは二十八歳、ベルモンドは二十六歳だった）とヌーヴェル・ヴァーグの頂点をきわめた『気狂いピエロ』（一九六五年）が、こうして、また、二〇二二年に劇場で見られることになった。二〇二一年九月に八十八歳で亡くなった国民的スター——映画俳優としては異例のフランス政府主催による国葬が営まれた——ジャン＝ポール・ベルモンドの追悼上映の一環でもあろう。『勝手にしやがれ』は一九六〇年にパリで初公開されてセンセーショナルな映画的事件になって以来六十年目の、二〇二〇年の４Ｋレストア版、『気狂いピエロ』は二〇〇〇年にアメリカのクライテリオン社から一九六〇年代のゴダール作品がビデオ化されて発売されたときに撮影監督のラウル・クタール（『男性・女性』を除く「六〇年代ゴダール」のすべての長篇作品のキャメラを担当した）の監修によって美しく鮮明な画面が再生された修復版を基本にした二〇一五年の２Ｋレストア版である。そんななかに、『気狂いピエロ』の原作として知られる（というよりも、むしろ知られざる）ライオネル・ホワイトの小説が翻訳、出版されることになった。訳者は矢口誠（これ以上の適役は考えられない訳者だろう）。もちろん、本邦初訳である。

　ゴダールは――ゴダールばかりでなく、ヌーヴェル・ヴァーグは――即興的な映画づくりで知られ、原作があってもその痕跡《こんせき》をとどめないまでに換骨奪胎してしまう映画化とみなされて、『気狂いピエロ』の原作についても語られたことはほとんど（どころか、まったく）なかった。ただ、ゴダール本人は、一九六四年に『はなればなれに』を撮ったときに、「ル・モンド」紙だったか「ル・コンバ」紙だったかのインタビューで、次回作は『Le démon d'onze heures（十一時の悪魔）』（というのがライオネル・ホワイトの小説『*Obsession*（妄執）』のフランス語版の題名だった）の映画化になるだろうと語っていたと思う。そのころ注目されていたアメリカ映画の気鋭の監督、スタンリー・キューブリックの「とりたてて独創的とも言えない」ギャング映画『現金《げんなま》に体を張れ』（一九五六年）の原作者の『ロリータ』風の小説だとゴダールは述べていたが、一九六二年にナボコフの小説『ロリータ』を映画化したスタンリー・キューブリックの作品が「思いがけず的確な台詞《せりふ》による単純で明快な映画」であることにおどろき、そんなこともあってか、ライオネル・ホワイトの『ロリータ』風の小説の映画化が彼自身の妄執のようなものになっていたのかもしれない。ロリータ的小悪魔の役にはまだ二十歳になるかならないかくらいの人気絶頂のアイドル歌手、シルヴィー・ヴァルタンを、ロリータ的悪女に魅せられて破滅していく中年男の役にはリチャード・バートンを考えているとも語っていた。いや、この配役で映画化する予定で一九六四年の初めに映画化権を買い取ったが、シルヴィー・ヴァルタンにはことわられ、リチャード・バートンはすっかり「ハリウッド化」してしまっていて、この配役《そう》による映画化はあきらめざるを得ず、その代わりに同じセリ・ノワール（暗黒小説叢書《しょ》）の一冊、ドロレス・ヒチェンズの『愚者の黄金（*Fools' Gold*）』をフランソワ・トリュフォーが「面白いぞ」と言って貸してくれたのを読んで、映画化権もわりと安かったので買い取って（たしか映画のエンドマークとともに「原作の『*Fools' Gold*』

はニューヨークのダブルデイ社およびパリのガリマール社から出版、発売中」みたいな一枚タイトルの広告付きだったから、映画化権は「わりと安かった」というよりバーターで、広告の交換にタダ同然だったのかもしれないが）「わたしなりに脚色して」撮ったのが『はなればなれに』だったとのこと。週刊紙「レ・レットル・フランセーズ」（一九六四年五月十四—二十日号）のインタビューでは、こんなふうに語っている。「フランソワはセリ・ノワールのすべての小説を読んでいて、この小説を貸してくれたのも彼です。わたしは企画の種が切れると彼に会いに行く。そのつど彼はアイデアを与えてくれ、わたしはそれが自分のために役立ち、自分の血肉と化すまで、手直しをし、すべてにわたって手を加える。『勝手にしやがれ』も『女と男のいる舗道』もそうでした」。

映画批評誌「カイエ・デュ・シネマ」の同人だった時代から、短篇映画の共作（一九五八年、ゴダールの『シャルロットとジュール』のナレーション・台詞をトリュフォーが書き、トリュフォーが撮影した『水の話』を編集して完成させたのはゴダールだった）、そして一九五九年、ゴダールの長篇映画第一作『勝手にしやがれ』は三面記事にヒントを得たトリュフォーのオリジナル・ストーリーの映画化だった……というように、ゴダールとトリュフォーはお互いに助け合い、意識し合い、刺激し合い、尊敬し合って最も親密な付き合いをしていた。まさに同志、盟友だったのである。一九六八年の五月革命をきっかけに骨肉相食《あいは》むがごとき大喧嘩《おおげんか》のあと袂別《けつべつ》する二人だが、「当時のわたしたちは映画同人誌「カイエ・デュ・シネマ」の仲間として、しょっちゅう会って話し合ったり、いっしょに行動していたので、どの作品も共感と共通の体験にもとづく共同作業といった感じでした」とトリュフォーも述懐している。「ゴダールとわたしは、映画づくりに関して、お互いに何をやるかを気にかけ、注目し合い、話し合い、シナリオもお互いに読み合って、よし、それならこんどはこっちはこうやるぞとかいったぐあいにやり合ったものです。アイデアを譲り合ったりもしました。『勝手にしやがれ』のときにゴダールからこんな手紙をもらったことを思いだします。わたしは『ピアニストを撃て』を準備中で、シャルル・アズナヴールを主役に起用するつもりでしたが、まだ契約をしていませんでした。ゴダールからの手紙は「やっぱりアズナヴールを使うつもりかい？　もし使わないなら、ぜひ『勝手にしやがれ』に使いたいんだが……」というような文面でした。わたしは『ピアニストを撃て』にアズナヴールを使うことに決めて契約しました。「もしきみがアズナヴールを使うなら、『勝手にしやがれ』には別の若い俳優を使うことにするよ」とゴダールは言い、ジャン＝ポール・ベルモンドを起用することになった。一九六八年の五月までは、わたしたちはとても仲よく付き合っていました。しょっちゅう会ったり手紙を書いたりして情報交換したり企画を語り合ったりしていた。わたしがSF映画『華氏451』の企画の実現に手間取っていたとき、ゴダールがやはりSF映画『アルファヴィル』を企画して、脚本を読んでくれといって見せてくれたのですが、そのラストシーンはアルファヴィルという都市の爆破になっていた。『華氏451』のラストも都市の爆破シーンになるので、わたしはゴダールに、これではどちらもそっくり同じ結末になってしまうぞと言ったのです。ジャン＝リュックは、友情から、わたしの映画のために、『アルファヴィル』のラストの爆破シーンをカットした。ところが……いろいろな事情で、『華氏451』のラストの爆破シーンも撮れなくなり、結局、どちらの映画からも爆破シーンがなくなってしまったのです」。

『気狂いピエロ』についても、「ゴダールはわたしの『突然炎のごとく――ジュールとジム』を彼に対する一つの挑戦とみなし、自分もいつかジュールとジムの物語を撮ろう、美しい自然の風景のなかで大きなひろがりのある物語を撮ってみよう、と言っていたものです。『気狂いピエロ』がその答えでした。『突然炎のごとく』でジャンヌ・モローが歌ったシャンソン『つむじ風』を作詞作曲したセルジュ・レズヴァニ（バシアクの別名でも知られる）に新しい歌を注文してアンナ・カリーナに歌わせたりしたのも、そんな理由からです。『気狂いピエロ』はゴダール流のジュールとジムの物語だったのです」。

『突然炎のごとく』は一九六二年の作品だから、ゴダールは、ライオネル・ホワイトの『ロリータ』風の小説に出合う前から、『気狂いピエロ』の構想を抱いていたことになる。ライオネル・ホワイトに直接会って『妄執』の映画化権を得て、リチャード・バートンとシルヴィー・ヴァルタンのカップルに代えてジャン＝ポール・ベルモンドとアンナ・カリーナのカップルで撮ることになって「すべてが変わった」とゴダールは語っているが、「美しい自然と抒情性《じょじょうせい》」が印象的なジャン＝ジャック・ルソーの書簡体小説『新エロイーズ』やゲーテの叙事詩『ヘルマンとドロテーア』の恋物語に近い物語になるだろうとも語っているから（アラン・ベルガラ『六〇年代ゴダール――神話と現場――』、奥村昭夫訳、筑摩書房リュミエール叢書）、トリュフォーの『突然炎のごとく』へのゴダール的な挑戦に立ち帰ったのかもしれない。いろいろな刺激をうけ、すべてに敏感に反応してイメージをふくらませながら映画をつくり上げていくのがゴダール流の即興でもあったのだろう。

「わたしはシナリオを書くことをしない。撮影の段階で適宜に即興していく。ところでこの即興は、あらかじめ内面で深められていた作業の結果でしかなく、集中力を前提としている。事実、わたしは撮影の時にだけ映画を作るのではなく、夢想する時、食事する時、読書する時、みんなと話をする時にも映画を作っているのだ」（『ゴダール全集4 ゴダール全エッセイ集』、蓮實重彦、保苅瑞穂訳、竹内書店）というのがゴダールによるゴダール的即興の定義と言っていいだろう。

アンナ・カリーナは、ゴダールの即興について「ジャン＝リュックが台詞をその場でどんどん変えるなんてことはなかったし、その場で思いつきの演出をしたことなど一度もない」と言った。「シーンを周到に準備して、キャメラ・リハーサルも何度もおこないました。とくに『気狂いピエロ』のときはミッチェルという大きな重いキャメラで撮っていましたから即興演出なんて不可能でした。それに同時録音撮影ですからね。即興なんて絶対無理です。演技リハーサルもきちんと何度もやって本番でミスが出ないようにしていた。即興なんていう簡単なものではなかった。効率よく早撮りするのがジャン＝リュックのやりかたでした」。

『気狂いピエロ』は一九六五年五月に撮影に入ったが、題名はまだ決まっておらず、というか、《暗黒叢書《セリ・ノワール》》で出版されたライオネル・ホワイトの原作のフランス語題と同じ『十一時の悪魔』の題で進行していた。「十一時（onze heures）」が算用数字で「11 heures（11時）」となっている文献もあるのだが、たぶんフランス語特有の「連音」の表記で「Le démon d'onze heures」と字の肩に省略の記号アポストロフィを付ける表記になるのを避けるためだろうと思い、ついでに特別の意味があるのかどうか、いつもながらフランス語のことでお世話になっている学習院大学フランス語圏文化学科教授の中条省平氏にうかがってみたところ、「一般論しか申し上げることができませんが」と、いきなり、「onze heures」を用いた熟語として「bouillon d'onze heures」(直訳すれば「十一時のスープ」ぐらいだろうか)という表現があって、「毒の入った飲み物」という意味になると教えられて仰天してしまった。ここからの類推で「十一時の悪魔」とは「隠された悪の素」「日常生活に潜む悪の衝動、きっかけ」のような意味で使うことが可能なような気がするのですが……というのだ。《暗黒叢書《セリ・ノワール》》そのものがそんな毒々しい洒落《しゃれ》っ気のある犯罪ミステリー小説の集成シリーズのような気がする。血なまぐさい犯罪やスキャンダラスな姦通《かんつう》事件などあくどい三面記事ばかりを特集した「デテクティヴ」という週刊紙と同じように《暗黒叢書《セリ・ノワール》》を愛読していたフランソワ・トリュフォーに、そこから『柔らかい肌』(一九六三年)のような姦通をテーマにした繊細な傑作が生まれた秘密をたずねると、「とくに映画で死を描くときの参考になるので興味深く読んでいるだけで……」と照れながら口ごもっていたけれども、リアルでなまなましい三面記事と同じようにノワールなアメリカン・スタイルの犯罪ミステリー小説をヌーヴェル・ヴァーグの偏愛的とも言える映画的宝庫とみなしていたことは間違いない。デイヴィッド・グーディスをダシル・ハメットをしのぐミステリー作家として偏愛していたフランソワ・トリュフォー監督の『ピアニストを撃て』（一九六〇年）やスタンリイ・エリンの『ニコラス街の鍵《かぎ》』を映画化したクロード・シャブロル監督の『二重の鍵』（一九五九年）がこうして生まれた。

フレイドン・ホヴェイダの『推理小説の歴史はアルキメデスに始まる』（三輪秀彦訳、東京創元社）には《暗黒叢書《セリ・ノワール》》の監修者マルセル・デュアメルのこんなマニフェストが引用されている。いわく、「《暗黒叢書《セリ・ノワール》》の各巻は誰が手にしても危険がないというわけではない。シャーロック・ホームズ流の謎《なぞ》解きがお好きな読者は、しばしば引き合わないと思うだろう」「背徳性は、この叢書ではお上品な感情、さらには無道徳そのものとまったく同様に、大きな顔をして居坐《いすわ》っている。画一的な考えの持主はめったに登場しない。警官たちが追いかける悪人どもよりもっと腐敗している場合もある。好感の持てる探偵が必ずしも謎を解決しない。時には謎が存在しないこともある。さらには時として、探偵がぜんぜんいないことさえある」「ではいったい何があるのか。そこで、後に残るのは行動であり、苦悩であり、暴力であり……殴り合いであり殺しである」「いい映画に見られるように心の状態は行為によって表現される」「そこにはまたふしだらな情欲の、むしろけだものじみた愛情とか、容赦なき憎悪《ぞうお》など、文明社会ではまったく例外的にしか見られないさまざまな感情が登場する」「要するに、われわれの目的はごく単純である。諸君の眠りを邪魔したいのだ……」。

『十一時の悪魔』の題で撮られていたジャン＝リュック・ゴダールの十本目の長篇映画は、アンナ・カリーナがジャン＝ポール・ベルモンドを、レイモン・クノーの破天荒な構成の小説『わが友ピエロ』の、日常生活では愚かしい失敗ばかりくりかえす貧しいお人好《ひとよ》しの主人公のようにピエロと呼び、「やさしくて残酷／現実的で超現実的／恐ろしくて滑稽《こっけい》／夜のようで昼のよう／月並で突飛／すべてが最高」というジャック・プレヴェールの詩を捧《ささ》げて、「だから気狂いピエロ！」としめくくり、即興的に『気狂いピエロ』というタイトルになったような印象をうける。『*Pierrot le fou*（気狂いピエロ）』というタイトルは実はそのずっと前からゴダールの頭にあったにちがいないが、面倒なことにすでに通称気狂いピエロという犯罪史上名高い人物が実在していた。第二次世界大戦中、ナチ占領下のフランスで悪名を馳《は》せたギャングのボスで、本名ピエール・ルートレル。一味は派手な銀行強盗を重ね、一九四六年十一月に気狂いピエロが殺されるまでつづけられた。暗黒街出身の作家・映画監督、ジョゼ・ジョヴァンニがこの実在した犯罪者をモデルに書いた小説『気ちがいピエロ』が日本でも出版されているが、ロジェ・ボルニッシュという警官上がりのミステリー作家による実録小説もあり、その映画化の企画が進んでいた。結局、企画は競合することなく、ゴダールの『気狂いピエロ』のあと、それも一九七六年になってから、実在の気狂いピエロを主人公にしたほうは映画化されることになった。日本でも公開されたジャック・ドレー監督の『友よ静かに死ね』である。フランス語の原題はずばり『ギャング（*Le Gang*）』。気狂いピエロを演じたのはアラン・ドロンであった。役名は、たぶんジャン＝ポール・ベルモンドの気狂いピエロ（Pierrot le fou）に遠慮してか、それとは別物・別人であることを示すためか、「いかれたピエロ」ぐらいの意の Pierrot le dingue になっていたと思う。

ジャン＝ポール・ベルモンドが演じた気狂いピエロは、愛に狂った男である。愛は死に至る病だ。愛のために女を殺し、身の破滅を招く。「運命の女」アンナ・カリーナの赤いワンピースが血の色に見えてくる。「血ではなく、赤なんだ」とゴダールは言う。赤が妄執《オブセッション》のように歌う。失われた愛を求めて、真っ赤な太陽が沈んで海にとけこみ、消え去っていく、はかなくも美しい一瞬の水平線のかなたに、見出された永遠とは死にほかならないのだが（アルチュール・ランボーの詩句が死によってしか結ばれないカップルの対話のように密《ひそ》やかに朗誦される)、なんとロマンチックな映画だろうと見るたびに思う。

(令和四年三月、映画評論家)

コンラッド・マッデンという「気狂いピエロ」

吉野仁

本作『気狂いピエロ』は、アメリカの犯罪小説作家ライオネル・ホワイトが一九六二年に発表した *Obsession* の邦訳である。

これは、郊外に家族と暮らす失業中の男が、魅惑的な娘と出会い、犯罪や暴力に巻き込まれたあげく、どこまでも堕《お》ちていく物語だ。

コンラッド・マッデンは、ニューヨーク郊外、スタンフォードの町に、妻マータ、そしてふたりの子供たちと暮らしていた。彼はシナリオライターだったが、現在は失業中。子供たちの授業料、食料品店への支払いなど経済的な心配はつのるばかりだった。そんなとき、マータの友人であるホール夫妻のパーティーに誘われた。その集まりがあった夜のあと、コンラッドは、子供たちを世話したベビーシッターのアリーことアリスン・オコナーを家まで送り届ける役目を任された。運命のめぐりあわせか、このことが、くすぶった彼の日常に別れをつげる契機となった。

翌朝、アリーの家で目覚めたコンラッドは隣の部屋に男がいることを教えられる。ギャングの集金係で、彼はすでに死んでいた。大金のつまったブリーフケースを奪ったコンラッドとアリーは、逃亡の旅をつづけていく。

以上が前半部分のあらすじだが、話の流れを書き出しただけでは、なにか本質的なものがこぼれているようでならない。物語の形式、登場人物、犯罪などの描き方に独特のものが感じられるのだ。たとえば、物語の冒頭、「おれはキッチンテーブルの椅《い》子《す》にすわり、罫《けい》の入った黄色いノートパッドにこの文章を書いている」とある。すなわち、これは回想録なのだ。コンラッドは自分の身に起きた六ヶ月間の記録をノートに書き付けている。もしくは、ヒロインとなるアリーについての記述。十七歳の少女であり、ピーナッツバターのサンドウィッチを好み、牛乳を飲む子供だ。ところが、そんなアリーはコンラッドと出会った夜、彼へ次のように語りかける。

「あなたの名前はコンラッド・マッデン。三十八歳。元海兵隊員。現在、求職中。子供たちには好かれてない。そして、奥さんは理解してくれない」

「あなたは孤独で不幸で、家に帰らない理由はわたしじゃない。帰るべきほんとうの家がないから」

この犯罪小説は、おおまかに三つの大きなサブジャンルを含むと考えられる。その第一は、典型的なファム・ファタルの物語であるということだ。

ファム・ファタルについて、フランス文学者の鹿島茂氏は次のように説明している。〈ファム・ファタルとは、その出会いが運命の意志によって定められていると同時に、男にとって「破滅をまねく」ような魅力を放つ女のことを指すというわけです。より正確にいえば、破滅することがわかっていながら、いや、へたをすれば命さえ危ないと承知していてもなお、男が恋にのめりこんでいかざるをえないような、そんな魔性の魅力をもった女のことをファム・ファタルと呼ぶわけです〉（『悪女入門』講談社現代新書）。『マノン・レスコー』『カルメン』などフランス文学には、このジャンルの名作が数多く存在する。

ミステリ／クライム・ノワールの分野でファム・ファタルといえば、ジェイムズ・M・ケイン『郵便配達夫はいつも二度ベルを鳴らす』（一九三四年）がその代表的な古典作として知られる。流れ者のフランクは、街道沿いの安食堂に立ち寄った。ギリシア人のニックが経営する店で、フランクはそこで働くことになった。だが、フランクはニックの妻コーラに心を奪われたばかりか、保険金目当てにニック殺害を企てた。この物語は、最後の章まで読むと分かるとおり、刑務所の独房でフランクがそれまでの顚末《てんまつ》を語る回想録である。フィルム・ノワールと呼ばれる一連の犯罪映画は、オットー・プレミンジャー監督「ローラ殺人事件」（一九四四年）をはじめ多くの作品で、こうした主人公のひとり語りによる回想形式をとっている。ケイン原作の映画化作品では「深夜の告白」（一九四四年）や「ミルドレッド・ピアース」（一九四五年）がこの回想形式だ。主人公が我が身にふりかかった悲劇の顚末を最初からたどっていく物語とは、すなわち、あらゆることがみな起こってしまい、どうあがいてもあと戻りできず、死へ向かうことだけが唯一《ゆいいつ》の救いとなる話である。

もっともこれまで四作つくられた『郵便配達夫はいつも二度ベルを鳴らす』の映画化作品はどれも回想形式ではない。ちなみに、そのうちの一作が一九四二年に発表されたルキノ・ヴィスコンティ監督の長編第一作で、邦題は「郵便配達は二度ベルを鳴らす」だが、もともとのイタリア語タイトルは、*Ossessione* で、英語にすると *Obsession*。この『気狂いピエロ』の原題とおなじだ。

なにより、少女にとり憑かれた男が残す告白の記録という体裁をとったファム・ファタル小説といえば、ウラジーミル・ナボコフ『ロリータ』（一九五五年）を挙げなくてはならない。しかもナボコフの脚本をもとに製作した映画「ロリータ」（一九六二年）の監督は、かのスタンリー・キューブリックなのだ。ライオネル・ホワイトの代表作『逃走と死と（*Clean Break*）』（一九五五年）の映画化作品「現金《げんなま》に体を張れ

（*The Killing*）」（一九五六年）の監督である。もっとも完成したキューブリック版「ロリータ」には、ナボコフ自身が書いた原案は、ほとんど痕跡《こんせき》をとどめていなかったという。ともあれ、ホワイトがナボコフ『ロリータ』を読み、本作ヒロインのモデルとしたことは十分に考えられる。

そして本作における第二の要素として、犯罪者によるロードものであり、男女の逃亡小説だということが挙げられる。エドワード・アンダーソン *Thieves Like Us*（一九三七年）を原作としたニコラス・レイ監督映画「夜の人々」（一九四八年）をご存じだろうか。のちに、ロバート・アルトマン監督により再映画化された。邦題は「ボウイ&キーチ」（一九七四年）。刑務所から脱獄したボウイは、仲間と銀行強盗を重ねるなか、キーチという少女と出会って結ばれる。結婚の場面が印象的なメロドラマでもある。同じタイプのフィルム・ノワールに「拳銃魔《けんじゅうま》」（一九五〇年）という作品もあり、射撃の腕前をほこる男女が恋におち結婚し、やがて強盗をしながら西部の町を渡り歩いたものの、追いつめられていくというストーリーだ。犯罪小説でいえば、ジム・トンプスン『ゲッタウェイ』（一九五八年）は、こうした一連のカップル犯罪者逃亡もののスタイルを踏まえつつ、「裏切り」という要素が加わったことで異常な緊迫感をもつ名作である。本作の中盤あたりからの展開もまた、追っ手から逃れ、偽名をつかって夫婦を装《よそお》い、いかに生きのびるかというものとなっている。しかし、そもそもふたりが西へ向かったのは、アリーの兄がそちらに住んでおり、連絡すれば力を貸してくれるということからだ。男が一方的に惚《ほ》れこんだ女の影に、自称〝兄〟が見え隠れするというのも、「悪女もの」におけるひとつの典型といえるかもしれない。こうした展開が、後半から結末までのサスペンスを高めている。

そして本作における第三のジャンルは、ギャングおよびケイパーである。アリーの家で死んでいた男パティ・ドノヴァンは、ギャングの集金人であり、その親玉ブラックマーが後半になって登場するのだ。さらに現金輸送車を襲う場面もあることから、本作はケイパーものの要素を含んでいる。ケイパーとは組織犯罪のこと。必ずしもギャングやプロの犯罪者とはかぎらず素人集団の場合もあるが、チームを組んでおこなう銀行強盗などの強奪犯罪を描いた小説は、ケイパー・ノヴェルと呼ばれている。じつは作者ライオネル・ホワイトは、このジャンルの第一人者なのだ。

こうしてみると、この『気狂いピエロ』は、ノワール／クライムのさまざまな典型や要素をそなえていることがわかる。もうひとつ興味深いのは、主人公の名前だ。コンラッド・マッデンのマッデン madden は「発狂させる」という意味で、原題 *Obsession*「妄執」の言い換えともいえる。そしてコンラッドは、ポーランド出身のイギリス文学者ジョゼフ・コンラッドの名を思い出させる。私見では、コンラッドの代表作『闇《やみ》の奥』（一八九九年）こそ、人間の本質をえぐるノワールというジャンルの原点をなす小説である。一方のヒロインであるアリーの苗字《みょうじ》はオコナーであり、アメリカの南部文学を代表し、暴力と殺人を描くことをいとわなかった女性作家フラナリー・オコナーと同じだ。代表作は短編「善人はなかなかいない」。

もしかすると、ホワイトが書いたコンラッド・マッデンの物語が、ゴダールによって「気狂いピエロ」と題する映画になったのも、実在したギャングのボス、「気狂いピエロ」の異名をもつピエール・ルートレルのイメージを重ねただけではないのかもしれない。

すでに山田宏一氏によるすばらしい解説でゴダールによる映画「気狂いピエロ」に関する話は出尽くしているため詳しくは述べないが、本作を読み終えた読者は、なるほどゴダールの映画は原作の骨格と主な要素を含んでいると納得されたことだろう。さらにフランスの犯罪小説家および映画監督ジョゼ・ジョバンニが、一九五九年に発表した犯罪小説 *Histoire de Fou*（邦訳題名『気ちがいピエロ』〔岡村孝一訳／ハヤカワ・ミステリ〕）とあわせて読むと、なおゴダールの映画が興味深く思えるということも指摘しておきたい。

作者ライオネル・ホワイトに関しても紹介しておこう。一九〇五年七月九日ニューヨーク州バッファロー生まれ。警察記者を皮切りに記者や編集者の仕事をしたのち、一九三〇年代から四〇年代にかけて、一九三六年創刊の男性雑誌「トゥルー」の初代編集長のほか、いくつもの犯罪実話雑誌の編集長をつとめた。戦後作家となったホワイトの第一作は、一九五二年 *Seven Hungry Men!*（五九年に *Run, Killer, Run!* の題でリライトされた）。これは「逃げろ　地獄へ！」（井上一夫訳／ハードボイルド・ミステリィ・マガジン一九六三年八月号）の邦訳がある。刑務所から仮出所した男が、仲間とともに現金輸送車を襲う物語。ホワイトはケイパー小説でデビューしたのだ。粗っぽい部分や練られていない展開もあるが、謎《なぞ》めいた黒幕の存在というサスペンスをはじめ、船による逃亡劇、女ふたりに船長の助手をつとめる黒人の登場など、娯楽作品としての趣向も十分に凝っている。以後、いわゆるヒーローものシリーズには手を染めず、犯罪者たちの群像劇を単発作品で書きあげていった。初期はもっぱらケイパー小説が多かったものの、中期以降は本作のようにスタイルの異なる作品にも挑戦している。残念ながら邦訳は少ない。本になったホワイトの長編は、『逃走と死と』（佐倉潤吾訳／ハヤカワ・ミステリ）と『ある死刑囚のファイル』（青木日出夫訳／角川文庫）の二作のみ。あとは中編「暴力への招待」（中田耕治訳／ヒッチコックマガジン一九五九年十月号）と短編「妻殺し」（青木秀夫訳／ミステリマガジン一九六六年九月号）が邦訳されている。ホワイトは日本ではすっかり忘れられた作家かもしれず、代表作『逃走と死と』ですら現在入手が難しい現実は残念なことだ。「逃げろ地獄へ！」の解説文では、*The House Next Door*、*Coffin for a Hood*、そして『ある死刑囚のファイル』がホワイトのベストスリーと紹介されている。七〇年代まで書き続けたホワイトは、一九八五年十二月二十六日になくなった。享年八十。

翻訳家でアメリカのペイパーバックとハードボイルドを愛した故・小鷹信光による『ペイパーバックの本棚から』（早川書房）には、「ホワイト印のケイパー小説」という章がある。小鷹氏は「シリーズ・キャラクターこそ出てこないが、〈ホワイト印〉と呼んでもいい得意のプロット（シチュエーション）がいくつかあった」と指摘している。*Operation*――*Murder* では列車強盗、*Death Takes the Bus* ではバスジャック、*The Snatchers* と *The Ransomed Madonna* では誘拐、*Too Young to Die* ではダイヤモンド強盗、*Hijack* ではハイジャック、という次第である。

もっとも、小鷹氏は、この章で大がかりな銀行強盗犯罪を扱った *The Big Caper* を紹介し、随所に見られる欠点などにも触れたのち、「一作をじっくり読めば三十五作すべてを読んだと同じだ」とホワイトを切り捨てている。だが、ほんとうにホワイトの小説は、一作じっくり読んでお仕舞いにしていいのだろうか。否。もちろん筆者も全作を読んだわけではないが、初期作品と後期のものはあきらかに作品の質が異なるし、後期のホワイトはケイパー以外の犯罪ものも手がけている。本作『気狂いピエロ』は、映画の原作ということで注目された作品かもしれないが、ホワイトにしか書けない味がそこにある。たしかに初期作品は大味で粗っぽく、「綿密に計画された犯罪が、ちょっとした思わぬほころびから破綻《はたん》し、犯罪者たちは悲劇の末路をたどる」というパターンがあからさまに見えている。『ある死刑囚のファイル』のように中期以降のいくぶん洗練された作品も読ませるが、逆にごつごつした犯罪ものらしい手応《てごた》えは、むしろ初期作品のほうに宿っている気がするのだ。

また、話はややズレるが、一作読めば十分という批判は、そもそもジャンル小説の宿命かもしれない。ある種の冒険小説も、しばしばみな同じパターンだと批判される。それは特徴ある要素と話の骨格こそがジャンルを形づくっていることの裏返しにすぎないのだ。

『気狂いピエロ』以外の映画作品にも触れておくと、すでに述べたとおり、ホワイトの代表作『逃走と死と』は、キューブリック監督により映画化された。競馬場の売上金強奪を目論《もくろ》んだ犯罪者たちの群像劇。典型的なケイパー・ノヴェルである。ケイパーという犯罪小説の嚆矢《こうし》となるのは、おそらくW・R・バーネット『アスファルトジャングル』（一九四九年）だろう。刑務所を出たばかりの主人公が宝石泥棒を計画し、仲間とともに犯行におよび宝石を手にいれたものの……というストーリー。ジョン・ヒューストン監督による同名の映画化作品（一九五〇年）もある。ちなみにバーネットの代表作『リトル・シーザー』の映画化邦題は主人公の名をとって「犯罪王リコ」となっている。本作におけるアリーの自称〝兄〟の名は、この映画から来ているのかもしれない。

話を『逃走と死と』に戻すと、原題 *Clean Break* とは、きっぱり別れるという意味で、すなわち、それまでの自分をきれいさっぱりと捨て、足を洗い、生まれ変わろうとした者たちの物語といえる。強奪犯罪に手をそめる男たちは、みな金を必要としているだけではなく、幸福な人生から見捨てられ、追いつめられた者たちだ。それは本作『気狂いピエロ』に通じている。

また、キューブリック映画の脚本に参加したのは、作家ジム・トンプスンである。原作には出てこないが、映画の台詞《せりふ》のなかで「ジグソーパズル」という表現が使われている。この『逃走と死と』の斬新《ざんしん》さは、冒頭から競馬場売上金強奪の犯行計画に関するいくつもの断片は示されるものの、その全貌《ぜんぼう》は物語のクライマックスまで判明しないという秀逸なプロットにある。すなわち、ジグソーパズル型犯罪小説の名作でもあるのだ。

この原作小説およびキューブリックの映画は、後続する作家たちに影響を与え、その後の多くの名作を生んだ。くせの強い者たちがチームを組み、綿密な計画をたてて金品を強奪するクライムもののスタイルを確立したのだ。小説でいえば『悪党パーカー／人狩り』（一九六二年）にはじまるリチャード・スターク（ドナルド・E・ウェストレイクの別名）の〈悪党パーカー〉シリーズがもっとも有名なケイパーもの犯罪小説だ。映画でいえばクエンティン・タランティーノ監督のデビュー作「レザボア・ドッグス」（一九九二年）である。これは香港映画「友は風の彼方《かなた》に」（一九八七年）を下敷きにしただけにとどまらず、ホワイト作品から多大なる影響を受けたと本人も語っているらしい。

ホワイト作品の映画化としては、ほかに *The Snatchers*（映画化題「*The Night of the Following Day*」、邦題「私は誘拐されたい」〔一九六八年〕）、*The Money Trap*（邦題「銭の罠《わな》」〔一九六五年〕）などが知られている。

そのほか、おそらくホワイトは、三度結婚しており、最初の妻が、世界的に有名な絵本作家ルース・クラウスである。四〇年代の一時期ふたりは夫婦だったが、戦前には別れている。ルースはのちに画家のクロケット・ジョンソンと結婚し、多くの絵本を共作した。ロングセラーとなった代表作『にんじんのたね』は、男の子を主人公にした心温まるお話で、金品強奪、ギャング、女、ギャンブルといった男たちの欲望をめぐるホワイトの犯罪小説とは正反対の童話である。

アメリカでは、近年、スターク・ハウス・プレスからホワイトの長編を二作ずつ一冊にまとめたトレード・ペイパーバックの形で、現在六冊、計十二作品がそれぞれ序文つきで復刊されている。刊行順に列挙すると、*Marilyn K*／*The House Next Door*、*The Snatchers*／*Clean Break*（『逃走と死と』）、*Hostage for a Hood*／*The Merriweather File*（『ある死刑囚のファイル』）、*Coffin for a Hood*／*Operation —— Murder*、*Steal Big*／*The Big Caper*、*The Money Trap*／*Love Trap*となる。このあたりのジャンルが好きな読者、ホワイトのファンであればいずれも読む価値のある代表作といえるのだろう。できれば、こうした主要作の邦訳を期待したい。

（令和四年三月、文芸評論家）

ライオネル・ホワイト著作リスト

【長篇小説】

Seven Hungry Men!（1952）『逃げろ　地獄へ！』井上一夫訳（『ハードボイルド・ミステリィ・マガジン（『マンハント』を改題）』一九六三年八月号掲載）※一九五九年に *Run, Killer, Run!* と改題

The Snatchers（1953）※ヒューバート・コーンフィールド監督映画『私は誘拐されたい（The Night of the Following Day）』（一九六八年）原作

To Find a Killer（1954）※別題 *Before I Die*

Love Trap（1955）

The Big Caper（1955）※ロバート・スティーヴンス監督同題映画（一九五七年、未公開）原作

Clean Break（1955）『逃走と死と』佐倉潤吾訳（ハヤカワ・ミステリ）※スタンリー・キューブリック監督映画『現金に体を張れ（The Killing）』（一九五六年）原作

Flight into Terror（1955）

Operation — Murder（1956）
The House Next Door（1956）
Right for Murder（1957）
Death Takes the Bus（1957）
Hostage for a Hood（1957）
Too Young to Die（1958）
Coffin for a Hood（1958）
Invitation to Violence（1958）
The Merriweather File（1959）『ある死刑囚のファイル』青木日出夫訳（角川文庫）※一九六二年に同題でTVドラマ化
Rafferty（1959）※一九八〇年にソ連で同題TV映画化
Lament for a Virgin（1960）
Steal Big（1960）
The Time of Terror（1960）
Marilyn K.（1960）
A Grave Undertaking（1961）
A Death at Sea（1961）
Obsession（1962）本書 ※ジャン＝リュック・ゴダール監督映画『気狂いピエロ（Pierrot le

Fou)』（一九六五年）原作（クレジットなし）

The Money Trap（1963）※バート・ケネディ監督同題映画『銭の罠』（一九六五年）原作

The Ransomed Madonna（1964）

The House on K Street（1965）

A Party to Murder（1966）

The Mind Poisoners（1966）※多くの作家によって書き継がれてきた共同筆名ニック・カーター名義の〈キルマスター〉シリーズをヴァレリー・ムールマンと共作

The Night of the Rape（1967）

The Crimshaw Memorandum（1967）

Hijack（1969）

Death of a City（1970）

The Mexico Run（1974）

A Rich and Dangerous Game（1974）

Jailbreak（1976）

The Walled Yard（1978）

【単行本未収録短篇】

"To Kill a Wife"（1956）※《マーダー（*Murder*）》誌掲載

【その他】

Protect Yourself, Your Family, and Your Property in an Unsafe World（1974）※より良い生き方のためのハウツー本

【読者の皆様へ】

本書は、一九六二年刊行、ライオネル・ホワイト著『*Obsession*』の全訳です。ジャン=リュック・ゴダール監督がこの作品を原作として、映画『気狂いピエロ』（原題：Pierrot le fou）を製作した（一九六五年）という文化史的な観点より、ならびに同映画の歴史的価値に鑑み、映画邦題の『気狂いピエロ』をそのまま書名といたしました。差別の助長、温存を意図するものでないことをご理解いただければ幸いです。

（新潮文庫編集部）

Title : OBSESSION
Author : Lionel White

気《き》狂《ちが》いピエロ

新潮文庫　ホ－23－1

Published 2022 in Japan
by Shinchosha Company

令和四年五月一日発行
令和四年九月三十日三刷

訳者　矢《や》口《ぐち》誠《まこと》
発行者　佐藤隆信
発行所　株式会社新潮社

郵便番号　一六二―八七一一
東京都新宿区矢来町七一
電話　編集部(〇三)三二六六―五四四〇
　　　読者係(〇三)三二六六―五一一一
https://www.shinchosha.co.jp

価格はカバーに表示してあります。

乱丁・落丁本は、ご面倒ですが小社読者係宛ご送付ください。送料小社負担にてお取替えいたします。

印刷・株式会社光邦　製本・株式会社大進堂

ISBN978-4-10-240191-0 C0197